Dŵr Afon Tirion

.b./Cl__

m e_   dy__

I Lia a Nyle

© y testun Manon Wyn 2008

Cyhoeddwyd gan Wasg y Dref Wen,
28 Ffordd yr Eglwys,
Yr Eglwys Newydd, Caerdydd CF14 2EA
Ffôn 029 20617860

Mae'r cyhoeddwr yn cydnabod cefnogaeth ariannol
Cyngor Llyfrau Cymru.

Argraffwyd ym Mhrydain.

Dŵr Afon Tirion

gan

Manon Wyn

DREF WEN

Pennod 1

Hedfanai'r coed heibio i Huw, yn gymysgedd o wyrdd, glaswyrdd a brown, heb iddo gael cyfle i'w gweld yn iawn. Fel arfer, byddai wrth ei fodd yn loetran yn y coed ond dim heddiw. Prin yr oedd o wedi cael cyfle i gau ei gareiau heddiw. Roedd Nel, ei chwaer fawr, wedi'i lusgo o'r tŷ yn syth ar ôl cinio a rŵan roedd y ddau ohonyn nhw'n rhedeg nerth eu traed trwy Goed Carped.

'Aros, Nel! Aros, nei di …!' gwaeddodd, ond doedd Nel ddim yn ei glywed. Neu efallai nad oedd hi'n dymuno ei glywed. Dim ond rhedeg a rhedeg wnâi hi, ymlaen ac ymlaen trwy'r cysgodion gwyrdd. Ysai Huw am gael dal i fyny â hi. Roedd arno eisiau profi iddi y gallai redeg llawn cystal â hi, ond roedd o hefyd eisiau gofyn iddi beth oedd yn bod, achos roedd yn amlwg fod rhywbeth wedi'i chorddi.

Doedd 'na neb yn ymddwyn fel y dylen nhw heddiw, gan gynnwys ei fam a'i dad. Roedd y pedwar wedi eistedd wrth y bwrdd cinio mewn tawelwch, a phrin roedd ei fam wedi bwyta, ond am Nel yr oedd Huw'n poeni fwyaf – roedd hi fel petai'n agos at ddagrau trwy'r cyfan. Pam na fyddai rhywun yn egluro wrtho beth oedd yn bod, yn lle gadael pethau'n ddi-ddweud a gorchymyn i'r plant 'fynd allan i chwarae'? Fe fyddai gan Nel atebion iddo, teimlai'n siŵr o hynny.

Craffodd trwy'r coed eto, ond doedd dim sôn am ei chwaer erbyn hyn. Arafodd a cheisio cael ei wynt ato.

5

'Nel … lle rwyt ti? Aros amdana i!' Roedd yn ymdrech iddo alw arni, a gallai deimlo ei ysgyfaint yn dynn, dynn. Ceisiodd reoli ei anadlu, ond dechreuodd y pesychu cyfarwydd – roedd yr asthma'n dechrau cydio ynddo. Aeth i'w boced ac estyn am ei bwmp glas, yna eisteddodd ar foncyff cyfagos i gymryd sawl dracht hir o'r cynnwys.

'Tydi … hyn … ddim … yn ddoniol,' meddai'n uchel, rhwng yr anadliadau dwfn.

'O, ydi mae o!' meddai llais uwch ei ben, ac yna glaniodd Nel yn daclus tu ôl i'w brawd.

'Daria chdi, Nel! Ti ar fai! Allwn i fod wedi marw!' meddai Huw, yn ceisio celu'r ffaith ei bod hi wedi'i ddychryn.

'Na allat siŵr, ddim â finna'n gwylio pob symudiad gennyt ti!' saethodd Nel yn ôl. 'Ro'n i'n cuddio'n fan'ma, bron yn union uwch dy ben di!' meddai hi wedyn, gan gyfeirio at gangen fawr. 'Ty'd, symud draw,' meddai hi wedyn. 'Mi stedda i hefo ti, tra byddi di'n dod at dy hun fymryn.'

Gwnaeth Huw le iddi ar y boncyff, ac eisteddodd y ddau yno'n dawel am ychydig. Roedd Nel yn gwybod o'r gorau ei bod ar fai am wneud i Huw redeg mor galed, ond fedrai hi ddim peidio. Roedd arni awydd rhedeg i bellteroedd daear heddiw, a byddai'n dda ganddi adael ei rhieni ymhell o'i hôl. Dim ond unwaith o'r blaen roedd hi'n cofio diwrnod o'r fath, a diflannodd ei thad am dridiau wedi hynny. Chyfeiriodd neb at y digwyddiad wedyn, ond roedd Nel yn cofio. Ac roedd hi'n ymwybodol byth ers hynny nad oedd perthynas ei rhieni'n un gwbl gadarn. Bu'n gwrando arnyn nhw'n cecru ac yn pwdu bob yn ail ers wythnosau, ond roedd tawelwch heddiw yn teimlo'n llawer gwaeth.

'Be sy'n bod ar Mam a Dad heddiw 'te, Nel?' gofynnodd

Huw, gan darfu ar feddyliau ei chwaer.

'Dwn i'm,' atebodd hithau'n ofalus. 'Ond ma' petha'n reit ddifrifol adre, rhwng Mam a Dad dwi'n meddwl,' meddai Nel, gan wthio'r geiriau heibio i'r lwmp yn ei gwddf.

'Be ti'n feddwl – "difrifol"?' holodd Huw wedyn, ond roedd yn amlwg na allai ei chwaer ganfod y geiriau i egluro ymhellach.

'Dwi'n edrych ymlaen at fynd yn ôl i'r ysgol,' meddai Huw yn sydyn, gan geisio newid y pwnc, a gwenodd Nel o'r diwedd. Roedd hithau'n edrych ymlaen hefyd, yn edrych ymlaen at gael dianc o gartref llawn tensiwn i ganol ei ffrindiau eto.

'Ty'd, well i ni fynd,' meddai Nel ymhen sbel, gan godi'n chwim. Estynnodd ei llaw allan i helpu Huw ar ei draed, ac yna 'i thynnu'n ôl fel yr oedd o'n codi. Disgynnodd Huw yn glewt ar ei ben-ôl.

'Pryd ddysgi di?' gofynnodd Nel trwy'i chwerthin.

Penderfynodd y ddau ymlwybro tuag adref ar hyd ymyl yr afon. Byddai eu rhieni o'u cof pe baen nhw'n dod i wybod. Roedd Huw a Nel yn cael rhybudd dyddiol ynglŷn â'r cerrynt cryf allai godi weithiau yn afon Tirion, ond doedd yr un o'r ddau yn teimlo fel ufuddhau i'w rhieni heddiw, a beth bynnag roedd yn llwybr llawer mwy diddorol.

Llusgai Huw ei draed yn hamddenol, gan astudio'r gwenyn oedd yn hofran ym mieri'r gwrychoedd. Hoff dymor Huw oedd yr haf, pan fyddai'r haul yn tynnu lliwiau byd natur i'r amlwg. Synnai mor llachar oedd popeth pan oedd yr haul yn gwenu. Yna, trwy fwlch yn y clawdd, sylwodd Huw ar rywbeth anghyffredin. Arhosodd a chraffu ar draws yr afon. Gallai weld dafad yn gorwedd yn llonydd ar lan y dŵr.

'Hei, Nel!' galwodd. 'Brysia, ty'd yma! Edrycha draw fan'cw,' meddai a'i llusgo ymhellach draw, i fan lle roedd y clawdd yn is. Syllodd y ddau i gyfeiriad y ddafad.

'Dos! Shw! Coda! Ty'd ... SYMUDA!' gwaeddodd Nel, a cheisiodd Huw chwibanu trwy'i fysedd mewn ymdrech i ddeffro'r ddafad, ond doedd dim yn tycio. Mae'n rhaid fod y ddafad druan wedi marw. Tir Jac Bochgoch oedd yr ochr draw i afon Tirion, ond doedd unman yn ymyl lle gallai'r plant groesi'r afon er mwyn rhoi gwybod iddo am ei ddafad. Roedd dafad yn werth ffortiwn i ffermwr fel Jac, ond doedd yr un ddafad yn werth y cerydd fydden nhw'n ei gael gan eu mam pe baen nhw'n croesi trwy'r dŵr yn eu dillad.

'Ty'd Huw, awn ni adre,' meddai Nel. 'Ella medrwn ni fynd am dro i ddeud wrth Jac am y ddafad bore fory,' awgrymodd. 'Mi fydd yn esgus i ni gael dianc o'r tŷ am ychydig o leiaf.'

Bu'r ddau'n trafod y ddafad yr holl ffordd adre, ac yn ceisio penderfynu sut orau i dorri'r newydd i Jac fod ei ddafad wedi marw, ond pan gyrhaeddodd Nel a Huw yn ôl i'r tŷ, anghofiodd y ddau am y ddafad ar unwaith. Dyna lle'r oedd eu tad, Alwyn, wrthi'n gosod bag mawr yng nghefn ei gar.

Safodd Nel am eiliad, a'r dagrau'n dechrau cronni yn ei llygaid, ac yna rhuthrodd i'r tŷ heb allu dweud dim.

'I ble wyt ti'n mynd, Dad?' holodd Huw yn betrusgar.

'O ... am fynd i aros at Nain am chydig ddyddiau, dyna'r cwbl,' atebodd ei dad. 'Fydda i ddim yn bell ... Dim ond i lawr y lôn yn y dre, ac mi gadwa i mewn cysylltiad, dwi'n addo ...'

'Ond pam? Pam wyt ti'n mynd? A pryd fyddi di 'nôl?'

8

gofynnodd Huw wedyn. Ond chafodd o ddim ateb, dim ond cusan frysiog ar ei dalcen a rhybudd i ofalu am ei fam a'i chwaer. Taniodd Alwyn yr injan a gwyliodd Huw wrth i Audi arian ei dad ddiflannu i lawr y lôn.

Pennod 2

Deffrodd Huw a'i geg yn sych fel cesail camel. Cododd, gwthio'i draed i'w slipars ac ymlwybro'n araf i lawr y grisiau. Dechreuodd ail-fyw breuddwydion rhyfedd y noson cynt lle roedd ei dad a'i nain wedi mynd i fyw i Sbaen, a Nel wedi mynnu mynd gyda nhw, ond roedd o wedi gorfod aros adref i ofalu am ei fam, a honno'n gwneud dim byd ond crio.

Wrth iddo gerdded trwy ddrws y gegin dechreuodd amau am eiliad ei fod yn dal i freuddwydio. Sylweddolodd fod ei fam yno yn rhywle, ond roedd hi'n crio go iawn y tro hwn. Dilynodd gyfeiriad y sŵn, trwy ddrysau mawr y patio ac allan i'r ardd, a dyna lle'r oedd ei fam. Edrychai yn fechan ac yn fregus.

'Mam?' meddai Huw, heb wybod beth arall i'w ddweud na'i wneud. Hoffai pe gallai ei dal hi'n dynn, yn dynnach nag erioed, a dweud wrthi mai hefo hi y byddai o'n aros, ond doedd ei fam ddim yn hoffi dangos ei gwendidau.

'O, dal y lein ...' meddai Glesni, gan sgubo'r dagrau oddi ar ei bochau a thynnu'r ffôn o ganol ei gwallt gwyllt. 'Mi ddo' i i wneud brecwast i ti rŵan, Huw – gawn ni frecwast wedi'i goginio, ia?' awgrymodd, gan wenu arno cyn ychwanegu, 'Dos i fyny i ddeffro Nel, nei di?'

Trodd Huw yn ufudd a mynd yn ôl tuag at y grisiau, yn gwrando ar ei fam wrth iddi egluro bod y plant wedi codi. Tybed pwy oedd ar ben arall y ffôn, meddyliodd, a sut yn y byd allai ei fam newid o fod yn beichio crio i wenu'n llydan mewn hanner eiliad? Dad oedd yno, mae'n rhaid, meddyliodd, ac os oedd Mam yn gwenu, yna roedd popeth am fod yn iawn. Erbyn iddo gyrraedd i fyny'r grisiau at ddrws Nel, roedd Huw wedi penderfynu bod ei dad ar ei ffordd adref.

Ymateb digon swta gafodd cyhoeddiad Huw gan ei chwaer fawr flin. Gwyddai Nel fod mwy i'r ffrae hon nag un noson ar wahân cyn cymodi.

'I be wyt ti'n dod yma i godi 'nghalon i am ddim rheswm?' dwrdiodd. 'Mi allai unrhyw un fod ar ben arall y ffôn!'

Teimlodd Huw y gobaith oedd wedi cydio ynddo'n dechrau diflannu.

'Sori, Huw, dwi 'di blino. Ges i noson ofnadwy … methu cysgu am yn hir.'

'A finna. A breuddwydio'n wirion,' atebodd Huw yn dawel. Gwenodd Nel arno, ac yna rhoddodd gwtsh sydyn iddo. Er bod ei chwaer yn gallu bod yn flin fel cacynen ar brydiau, diolchodd Huw fod Nel ganddo. Fedrai o ddim dychmygu delio â hyn ar ei ben ei hun.

Erbyn i'r ddau gyrraedd gwaelod y grisiau roedd arogl bacwn ac wy yn llenwi'u ffroenau, a'u mam wrthi fel lladd nadroedd yn y gegin. Roedd y bwrdd wedi'i osod, a blodau gwyllt o'r ardd yng nghanol y bocsys grawnfwyd, y sôs coch a'r tost.

'Reit, chi'ch dau. Steddwch, a dechreuwch arni. Fydd y bacwn ddim dau funud!' gwaeddodd dros glecian y saim o'r badell ffrio. Edrychodd Nel a Huw ar ei gilydd yn gegrwth; anaml iawn fyddai eu mam yn gwneud y fath ymdrech yn y bore. Fel arfer roedd pawb ar draws ei gilydd amser brecwast, yn helpu'u hunain i ddarn o dôst brysiog, neu fowlennaid o Weetabix.

'Gwnewch yn fawr o'r bacwn!' meddai eu mam wrth iddi osod y platiau bacwn ac wy o'u blaenau. 'Chewch chi ddim cig eto am rhai dyddia!'

'Pam?' gofynnodd Huw yn ddryslyd, yn methu deall pam fyddai ei fam yn ei amddifadu o'i hoff fwyd.

'Am fod Eira a Derwen yn dŵad i aros.'

Suddodd calon Huw yn y fan a'r lle. Doedd o ddim yn hoff iawn o Eira, ffrind coleg ei fam. Bob tro roedd hi'n dod i aros byddai hi'n dechrau dadl gyda'i dad ynghylch ei waith yn y Cyngor, neu am gynhesu byd-eang, neu am unrhyw beth o gwbl y medrai anghydweld ag o'n ei gylch, hyd y gwelai Huw. Ond yn waeth na hynny, byddai'r dadlau rhwng Alwyn ac Eira yn arwain at ffrae rhwng ei dad a'i fam wedi i'w ffrind fynd adre. Roedd ganddi fab digon rhyfedd hefyd, a doedd Huw ddim yn ei ddeall o'n siarad. 'Hwntw' oedd Derwen, ond roedd ei fam wedi cadw'i hacen ogleddol, diolch byth. Ond y peth gwaetha o bell ffordd oedd fod Eira a Derwen yn llysieuwyr, a byddai'n rhaid i'w prydau fod yn addas ar eu cyfer nhw bob amser, heb ots am neb arall.

'Grêt, Mam,' meddai Nel, 'mi fydd yn braf eu gweld nhw eto. Tydyn nhw ddim 'di bod yma ers Pasg diwetha!'

'Nac 'dyn, a newch chi ddim nabod Derwen, meddai Eira. Mae o wedi mynd yn glamp o hogyn mawr!'

Er bod Huw yn sylweddoli bod ei fam yn edrych ymlaen yn arw at gael ei ffrind yno'n gwmni, teimlai ei fol yn rhoi tro arall wrth ei chlywed yn sôn am Derwen. Roedd Derwen yn bopeth yr oedd Huw eisiau bod – yn gryf ac yn dal, yn hyderus a chlyfar. Byddai bob amser yn sôn am broblemau'r byd ac am bethau nad oedd Huw yn eu deall yn llwyr. Roedd Huw'n weddol siŵr nad oedd Nel yn eu deall ychwaith, ond ei bod hi'n smalio deall, er mwyn ei blesio.

'Pryd maen nhw'n cyrraedd?' gofynnodd Nel wedyn, â'i llygaid yn pefrio.

'Ddim tan diwadd pnawn,' atebodd ei fam.

Esgusododd Huw ei hun o'r bwrdd a mynd i fyny'r grisiau i wisgo. Edrychodd Nel a'i mam ar ei gilydd yn boenus.

'A cofia di neud ymdrech i gynnwys dy frawd ym mhethau tro 'ma, Nel. Dwi'n gwbod bod Derwen a chdi ychydig yn hŷn na Huw, ond 'sdim angen ei gau o allan o bopeth.'

Nodiodd Nel i ddangos ei bod hi'n deall, ond doedd hi ddim wir yn gwrando; roedd ei meddwl eisoes ar Derwen a'i lygaid Maltesers mawr, a'r holl anturiaethau y byddai'n eu cael yn ei gwmni. Yn wahanol i Huw, roedd Nel yn meddwl fod Derwen yn berffaith, a dyna'r newydd gorau y gallai fod wedi'i glywed heddiw, o dan yr amgylchiadau.

Ar ôl bore o glirio a glanhau cerddodd y plant i lawr i'r dref ar neges i'w mam. Roedd pethau fel 'olewyddau' a 'ffacbys' ar ei rhestr, a 'tofu' – rhywbeth oedd yn blasu fel rwber ym marn Huw!

'Oes raid bwyta'r holl betha rhyfedd 'ma pan maen *nhw* draw?' gofynnodd Huw'n gwynfanllyd, a'i lygaid yn gwibio dros y rhestr od.

'Oes. A beth bynnag, ma' Mam a fi'n eitha licio'r "petha rhyfedd" yma!'

'Nag wyt tad! Dwi'n gwbod be ti'n licio … ti jest yn licio *fo*, Sycamorwydden!' meddai Huw yn sbeitlyd.

'Derwe …' sylweddolodd Nel mai eisiau cael ymateb

oedd Huw, a phenderfynodd mai'r peth gorau iddi ei wneud fyddai ei anwybyddu. Rholiodd ei llygaid glaswyrdd wrth iddi droi i mewn i'r siop bwyd iach.

Roedd y siop yn dywyll, ac arogl sbeisys dieithr yn llenwi'r lle. Byseddodd Nel y pacedi plastig a'u cynnwys rhyfedd – yn ffa, ffrwythau sych a phethau eraill nad oedd hi'n gwybod be oedden nhw, yn felyn a gwyrdd a du a brown. Roedd hi wrth ei bodd yn astudio'r bwydydd gwahanol.

'Be di'r ogla rhyfadd 'na?' gofynnodd Huw. Anwybyddodd Nel o am yr eildro, ac aeth i chwilio am y ffacbys coch, gan adael Huw yn syllu'n gegrwth ar rywbeth oedd yn edrych yn debyg i chwilod mewn jar. Wrth iddo archwilio'r 'chwilod' yn fanylach, clywodd gynffon sgwrs dynes y siop â'r gŵr main oedd wrth y cownter; roedden nhw'n trafod Jac Bochgoch a'i ddefaid marw!

'Nel, ty'd yma!' sibrydodd.

'Be sy' rŵan?' gofynnodd hithau'n fyr ei thymer, ond amneidiodd Huw arni i wrando.

'Mae'n debyg fod tair neu bedair o'i ddefaid o wedi marw,' meddai'r dyn, 'ac mae 'na bedair arall yn wael … Bechod gen i drosto fo, ma' pedair dafad yn dipyn o glec i Jac druan.'

'O, dwn i'm,' atebodd y siopwraig gan chwerthin. 'Glywais i mai hen ddyn digon blin ydi o, ac yn ffermwr diog. Chwilio am bres compo mae o, siŵr o fod!'

'Be 'di compo?' sibrydodd Huw wrth ei chwaer, oedd yn gwrando'n astud erbyn hyn.

'Pres ti'n gael pan ma' rwbath 'di malu.'

'O'n i'n meddwl mai insiwrans oedd hynna,' meddai Huw

14

yn ddryslyd.

'Ia, 'run fath o beth 'di o. Taw rŵan!' dwrdiodd Nel, ond roedd y dyn wrthi'n gadael y siop, a'r sgwrs ar ben. Edrychodd Nel a Huw ar ei gilydd. Sut ar y ddaear oedd y ddau ohonyn nhw wedi llwyddo i anghofio am y ddafad wrth yr afon a'u bwriad i fynd draw i roi gwybod i Jac?

Wedi talu a holi mymryn ar ddynes y siop, cytunodd Nel a Huw y byddai'n syniad cyfaddef wrth eu rhieni eu bod wedi gweld y ddafad farw.

'Awn ni draw i swyddfa Dad. Tydi swyddfeydd y Cyngor ddim yn bell o fan'ma,' awgrymodd Huw'n gynhyrfus.

'Na. Well gen i beidio mynd i darfu ar Dad,' meddai Nel.

'Pam ddim?' protestiodd Huw. 'Mi fydd o'n gwybod be 'di hanes y defaid, yn bydd? Dyna'i waith o, Nel, yn adran yr amgylchedd. Fo fasa'r person gora …' ond roedd llygaid Nel wedi caledu. 'Be sy?' gofynnodd Huw.

'Mae Dad wedi'n gadael ni, Huw. Dwi'm isio'i weld o. Awn ni adra a deud wrth Mam. Mi fydd hi'n gwybod llawn cystal â Dad be ddylien ni neud.'

A dyna'i diwedd hi. Wnaeth Huw ddim dadlau ymhellach, dim ond dilyn brasgamau ei chwaer wrth iddi groesi'r ffordd ac anelu am y lôn fyddai'n eu harwain adre.

15

Pennod 3

Cyrhaeddodd Nel a Huw yn ôl i olygfa ryfeddol; roedd bocsys o lysiau o bob math ar fwrdd y gegin, a'u mam yn hedfan yn ôl a blaen rhwng y sinc a'r bwrdd, a'i dwylo'n ddu gan bridd. Roedd Eira wedi cyrraedd, a'i gwallt rhyfedd yn pendilio'n ôl a blaen wrth iddi helpu eu mam i roi trefn ar y llysiau.

'Haia hogia! Sut 'dach chi? 'Dan ni 'di dod â llond y lle o betha da i chi – ma' rhain i gyd yn gwbl organig!' cyhoeddodd Eira.

'Ydyn – yn syth o'r pridd yng ngardd fach Eira a Derwen,' meddai eu mam wedyn.

'Ma' gynnon ni blot bach handi yn yr ardd … ond dim cymaint o le ag sy gynnoch chi fan hyn, wrth gwrs!' ychwanegodd Eira. ''Dach chi mor lwcus – 'dach chi'n cael holl fanteision byw yn y wlad, ac eto 'dach chi ar garreg drws y dre hefyd. Braf arnoch chi …'

Roedd parablu bywiog Eira wedi dod â theimlad hapus a phrysur i'r tŷ yn barod, a gallai Nel weld bod ei mam yn ei helfen. Aeth i ymuno â hi wrth y sinc, torchi'i llewys a dechrau golchi blodfresych, ond roedd Huw'n syllu'n gegrwth o un bocs i'r llall, yn llygadu'r llysiau budr. Doedd dim golwg o Derwen hyd yma, a gobeithiodd Huw ei fod wedi aros yng Nghaerdydd, ond buan iawn y daeth bachgen talsyth i mewn trwy ddrysau'r patio, ei wallt yn ei

16

lygaid a bocs arall yn ei freichiau.

'Un arall eto?' rhyfeddodd Glesni.

'Dyma'r ola, Gles, dwi'n addo!' chwarddodd Eira.

'Ty'd Huw, paid â sefyll yn fan'na fel mul – cadwa di'r salad, ma' hwnnw'n lân ac yn barod i fynd i'r ffrij,' gorchmynnodd ei fam. Gwelodd Huw fod gwên ar ei hwyneb, a gwên go iawn y tro hwn.

'Haia Derwen!' meddai Nel o'r sinc, yn gwneud ei gorau i swnio'n aeddfed a hyderus, er i'w llais godi'n wich uchel.

'Hei!' cyfarchodd Derwen hi, a'i lygaid mawr siocled yn goleuo. 'Shwt wyt ti, Nel?'

'Dwi'n grêt, diolch!' atebodd Nel, er nad oedd hi'n argyhoeddi.

'So ti mor grêt â 'ny ar y foment, nag 'yt ti?' meddai Derwen wedyn, 'ond wy'n gwybod shwt ti'n teimlo. A gyda llaw, galw fi'n Deri plîs. Dyna ma'n ffrindiau i'n fy ngalw i!' Gwenodd Nel. Roedd hi'n falch iawn o'i weld yn ôl ym mwthyn Gwernyfed, ac o gael ei chyfri'n ffrind iddo. Sylwodd hi ddim ar sŵn piffian chwerthin Huw, oedd â'i drwyn yn yr oergell erbyn hyn.

'Deri, wir! Tafarn yn *Pobol y Cwm* 'di hwnna!' meddai Huw o dan ei anadl.

O fewn dim roedd y pum pâr o ddwylo wedi glanhau a chadw'r llysiau i gyd, ac roedd Eira a Deri wedi diflannu i'r llofft i ddadbacio. Rhoddodd hyn gyfle i Glesni egluro'n sydyn fod Eira'n cysgu yn y stafell sbâr, a Deri am rannu stafell gyda Huw. Tynnodd ei mab wyneb hir wrth glywed y trefniadau.

'O, Huw, tyfa i fyny, wir. Ma'n rhaid iddo fo gysgu yn rwla, 'toes?' meddai Nel yn bigog.

'Newch chi drio cyd-dynnu rŵan plîs?' erfyniodd Glesni. 'Er fy mwyn i!' meddai wedyn, gan edrych yn ymbilgar ar Huw.

'Ond dwi'm hyd yn oed yn 'i ddallt o'n siarad,' meddai Huw yn gwynfanllyd.

'Dyna ddigon! Neith hi ddim drwg i ti gael 'chydig o gwmni yn dy stafell di am gwpwl o ddyddia. A dweud y gwir, mi neith les i ni i gyd gael cwmni, o dan yr amgylchiadau.'

Pwdodd Huw, yn methu'n glir â deall pam oedd ei fam mor hoff o Derwen a'r Eira wirion 'na, hi a'i gwallt *dreadlocks* a'i hymgyrchu diddiwedd. Byddai hi'n siŵr o ddechrau mwydro pawb am ynni niwclear cyn diwedd y dydd, meddyliodd Huw.

'Ydan ni'n cael *tofu* i swper heno, Mam?' gofynnodd Nel, gan wybod o'r gorau y byddai hynny'n mynd dan groen Huw.

'Falle wir … Ond mi fydd raid defnyddio rhywfaint o'r llysiau 'ma. Falle mai salad fyddai orau …'

Ar hynny, cofiodd Nel am ddefaid Jac Bochgoch a dechreuodd adrodd yr hanes. Soniodd am Huw yn sylwi ar y ddafad farw – o bell, wrth gwrs, meddai'n gelwyddog, gan na fydden nhw'n meiddio cerdded hyd ymyl yr afon, siŵr iawn. Dechreuodd Huw egluro wedyn beth ddywedodd dynes y siop y prynhawn hwnnw.

'Roeddan nhw'n sôn am yr helynt yn y siop bwyd iach,' meddai Huw. 'Mae sawl un o'i ddefaid wedi marw erbyn hyn, dwi'n meddwl.'

'Be sy'n achosi i'w ddefaid o ddisgyn yn farw fel'na, tybed?' pendronodd Glesni. 'Ma'n rhaid bod o'n rhwbath go ddifrifol i effeithio ar gymaint ohonyn nhw.'

'Cemegau, siŵr o fod,' cyhoeddodd Deri, a sylwodd y plant fod Deri a'i fam wedi dod yn ôl, i'r gegin ac wedi bod yn gwrando'n dawel ar ran olaf eu sgwrs.

'Hynny neu afiechyd wrth gwrs,' meddai Eira. 'Ond roedd 'na achos tebyg yng Nghwm Glain ryw dri mis yn ôl, os ydw i'n cofio'n iawn. A rhywun oedd wedi chwistrellu gormod o chwynladdwr yn yr ardal bryd hynny ...'

'Be?' holodd Huw, oedd yn dechrau colli trywydd sgwrs Eira.

'Rhywun wedi defnyddio gormod o gemegau ar y gwair, wrth ladd chwyn,' eglurodd Glesni wrtho'n bwyllog. 'Y cemegau oedd wedi effeithio ar yr anifeiliaid.'

'Ac ar bwy oedd y bai am hynny?' gofynnodd Nel.

'Ar y Cyngor, mae'n debyg,' atebodd Deri. 'Fe dalon nhw iawndal i'r ffermwyr am eu colledion,' ychwanegodd.

Aeth y stafell yn dawel yn sydyn iawn. Gwyddai pawb mai Alwyn, tad Nel a Huw, oedd pennaeth adran yr amgylchedd yn y Cyngor, ac mai ei adran ef fyddai'n gyfrifol am ladd unrhyw chwyn ar hyd lonydd cyhoeddus yr ardal.

'Y Cyngor?' meddai Huw, a'i waed yn dechrau berwi. 'Tydach chi'm yn trio deud mai Dad sy ar fai am hyn i gyd? Typical!' brathodd, ac yna gwthiodd ei ffordd heibio i Eira a Deri ac allan i'r ardd, gan roi clep egr i'r drws y tu ôl iddo.

Fe aeth hi'n dawel yn y gegin, a syllodd pawb arall ar ei gilydd yn fud am rai eiliadau.

'Dwi am fynd allan i'r car,' meddai Eira, gan dorri ar y tawelwch. 'Mae fy llyfr nodiadau i yno'n rhywle, dwi'n meddwl. Mae gen i rywfaint o wybodaeth am achos Cwm Glain ynddo fo. Aeth Deri a minnau yno ar brotest wedi'i threfnu gan fudiad y Ddaear.'

19

'A well i minna' fynd allan i weld ydi Huw yn iawn,' meddai Glesni.

Roedd y gegin yn llonydd eto, a dim ond Nel a Deri'n sefyll yno, y naill yr un mor lletchwith â'r llall.

'Mae'n swnio fel bod 'da ni antur ar ein dwylo,' meddai Deri o'r diwedd. 'Ti moyn gwneud tam' bach o waith ditectif?'

'Be ti'n feddwl?' holodd Nel, a'i chalon yn dechrau carlamu yn ei brest.

''Wi'n credu y dylen ni fynd draw i'r fferm 'ma, i ffindo mas beth yn gwmws ddigwyddodd i'r defed!' sibrydodd Deri wedyn.

'Wel, fe allen ni fynd am dro yno ar ôl swper,' meddai Nel yn gynllwyngar, 'ond paid â deud wrth Mam, neu chawn ni ddim ...'

'Paid â deud be wrth Mam?' holodd Eira wrth iddi ddychwelyd i'r gegin yn byseddu ei nodiadau. Allai Nel ddim meddwl am ateb, ond doedd dim rhaid iddi boeni, roedd Eira eisoes wedi gosod ei sbectol ar ei thrwyn ac yn brysur yn chwilio trwy'i llyfr.

Pennod 4

Brysiodd Nel a Deri i orffen eu salad Groegaidd er mwyn cael dianc o'r tŷ, ond dim ond chwarae gyda'i fwyd wnaeth Huw, gan dynnu'r olewyddau o'r salad fesul un a'u gwthio i'r naill ochr. Ddywedodd o ddim bw na be drwy gydol amser swper, dim ond syllu ar ei blât yn bwdlyd.

'Gawn ni fynd rŵan?' gofynnodd Nel.

'Be? Heb bwdin?' synnodd Glesni.

'Ni'n moyn mynd mâs am wâc, ma' hi'n nosweth mor braf …' meddai Deri wedyn.

'Ydach chi'n mynd â Huw hefo chi?' gofynnodd Glesni. Ar ôl pregeth y bore hwnnw, roedd Nel wedi rhag-weld y gallai hyn ddigwydd. 'Ydyn siŵr,' atebodd ar ei hunion. Doedd hi ddim wedi bwriadu ei gynnwys o gwbl, ond doedd hi ddim am wastraffu amser yn dadlau. Roedd hi'n dechrau mynd yn hwyr, a gwyddai Nel nad oedd ganddyn nhw lawer o amser. Fyddai ei mam ddim yn caniatáu iddyn nhw fod allan yn rhy hir.

'Ty'd Huw, wyt ti bron â gorffen?' gofynnodd, gan roi gwên awgrymog iddo.

'Dwi'm isio fo,' meddai Huw'n dawel. Roedd gwên Nel wedi dweud y cyfan wrtho; roedd hi'n berffaith amlwg fod rhywbeth ar droed.

Ar ôl rhybudd taer i fod adre erbyn chwarter wedi wyth ac i beidio â mentro ymhellach na Chae Piod, aeth y tri allan i wres tyner noson o haf.

'Lle 'dan ni'n mynd?' gofynnodd Huw.

'Ni'n mynd i weld a allwn ni brofi taw nage dy dad sy ar fai,' meddai Deri, a thaflu winc fawr ato. Deallodd Huw mai rhyw fath o ymddiheuriad oedd hyn, a chododd ei galon fymryn.

'Ty'd, Huw,' meddai Nel. 'Mynd draw i weld Jac ydan ni, ond ma' amser yn brin os ydan ni am fod 'nôl erbyn chwarter wedi wyth. Ydi dy bwmp asthma di gen ti?' Ymbalfalodd Huw yn ei boced; oedd, roedd y pwmp ganddo.

Edrychodd Nel i gyfeiriad y tŷ. Doedd dim golwg o neb yn eu gwylio o'r ffenestri. 'Dewch 'ta,' gorchmynnodd. 'Ffor' 'ma! Reit handi!'

Roedd Jac wrthi'n bwydo'r ieir ar y buarth pan gyrhaeddodd y plant y fferm. Dyn crwn oedd Jac, a chanddo ddwy foch goch lydan, a thrwyn cochach i fynd gyda nhw. Eisteddai cap fflat ar ben ei wallt blêr.

'Helô Jac, sut ydach chi?' gwaeddodd Nel o'r giât, gan obeithio bod hwyliau gweddol arno heddiw.

Cododd Jac ei ben ac edrych yn ddrwgdybus ar y tri oedd yn dechrau croesi'r buarth.

'Be 'dach chi isio? Os ydach chi'n dod yma i hel pres at ryw achos, does gen i'm dima ...'

'Isio cael gair hefo chi am y defaid ydan ni, Jac,' meddai Nel wedyn. 'Plant Gwernyfed ydan ni, y bwthyn yna draw ...'

'O! Hogan Alwyn wyt ti, ia? 'Nes i ddim dy nabod di o bell!' meddai Jac. 'Sut ma' dy dad?'

'O ... ym ... mae'n iawn diolch,' atebodd Nel. Doedd

ganddi ddim bwriad o ddechrau adrodd hanes y gwahanu wrth neb am y tro. Cyflwynodd Nel Deri a Huw iddo.

'Dwi'n disgwyl riportar y *Mail* yma heno,' meddai Jac wedyn, gan egluro fod newyddiadurwr o'r papur lleol yn dod yno i'w holi ynglŷn â'r defaid. Roedd y papur am roi tudalen gyfan o sylw i'r hanes, a llun, meddai.

'Dwi 'di colli dafad arall bora 'ma, ac ma' tair arall yn giami.' Roedd ei lygaid yn binc ar yr ymylon, a golwg fel pe bai eisiau crio arno wrth iddo sôn am ei anifeiliaid, ond fentrai'r un o'r plant gyfeirio at hynny.

'Be sy'n bod arnyn nhw, Jac? Ydych chi'n gwybod?' holodd Nel.

'Nac ydw, dim eto. Mae'r fet wedi bod heibio i gasglu samplau, ond does 'na ddim canlyniadau eto. Be sy'n od ydi mai 'mond y defaid yn y caeau rownd y tŷ sy 'di 'i chael hi … ma'r defaid sy'n pori'r caea'n uwch i fyny'r llethrau i gyd i'w gweld yn iawn. Mi es i fyny yno i sbio arnyn nhw eto pnawn 'ma,' meddai Jac, a'i lais yn grynedig o hyd.

'Ydach chi wedi dod o hyd i'r ddafad wrth yr afon?' gofynnodd Huw yn ofalus, gan obeithio i'r nefoedd fod honno eisoes wedi'i chyfri. Newidiodd wyneb Jac.

'Wrth yr afon? Naddo! Ym mha gae?' Daeth hi'n amlwg ar unwaith nad oedd Jac wedi dod o hyd i honno.

'Awn ni â chi draw yno, os liciwch chi … i ddangos i chi yn union ble gwelson ni hi,' cynigiodd Nel. Byddai'n gyfle rhy dda i'w golli i holi Jac ymhellach am symptomau'r defaid.

Wrth i'r pedwar ohonynt groesi'r caeau i gyfeiriad yr afon, eglurodd Jac fel yr oedd llygaid y defaid wedi cymylu, a bod math o ewyn yn dod o'u cegau.

'Ody'r gwlân yn cael 'i effeithio?' gofynnodd Deri.

'Be ddudodd hwn rŵan?' holodd Jac, gan droi at Huw.

'Gofyn a ydi 'u gwlân nhw'n newid nath o,' meddai Huw dan chwerthin, gan ddiolch nad y fo oedd yr unig un oedd yn cael trafferth deall acen Deri ar adegau.

'Nac 'di siŵr,' atebodd Jac yn swta.

Gallai'r pedwar weld o'r clawdd uchaf fod y ddafad farw yn dal i orwedd ar lan yr afon, a mynnodd Jac na ddylen nhw fynd yn nes. 'Mi fydd y riportar acw 'mhen dim, beth bynnag,' meddai wedyn. Trodd ar ei sawdl yn sydyn, a brasgamu'n ôl am y tŷ, yn amlwg wedi'i siomi ar ôl cael colled arall eto.

Dilynodd Deri a Nel yn dynn wrth sodlau Jac, ond arhosodd Huw am ychydig, gan syllu ar y lwmp gwlanog yn y gwair. Druan â hi, meddyliodd, gan ystyried tybed a oedd hi wedi bod mewn poen. Am eiliad, gallai ddeall dewis Deri ac Eira i beidio â bwyta cig. Trodd i edrych ar y lleill, oedd yn prysur ddiflannu o'r golwg, a dechreuodd redeg ar eu holau.

Wrth iddynt gyrraedd 'nôl i'r buarth, daeth sŵn clecian mawr o gyfeiriad y lôn, ac ymhen eiliadau, ymddangosodd car blêr yn y giât. Roedd y car yn hen a'i ymylon wedi rhydu, a deuai sŵn rhyfedd o grombil yr injan.

Camodd gŵr ifanc allan o'r car. Gwisgai siwt lwyd ffasiynol, ond bod hanner ei grys y tu allan i'w drowsus a'i wallt yn un nyth ar ei ben. Ymddiheurodd ei fod yn hwyr a chyflwynodd ei hun fel Guto Llywelyn, gohebydd y *Mail*, gan ychwanegu bod y ffotograffydd ar ei ffordd.

'Nel ydw i, a dyma fy mrawd Huw, a'n ffrind ni, Deri – mae o'n dod o Gaerdydd,' meddai Nel yn hyderus wrtho.

Roedd yn amlwg nad oedd ganddo'r diddordeb lleiaf yn y

plant. Estynnodd ei lyfr nodiadau ac aeth ati ar unwaith i holi Jac am y defaid. Fe fyddai'r tri wedi bod yn falch o'r cyfle i gael aros i wrando ar Jac, ond digwyddodd Huw edrych ar ei oriawr. Daria! Roedd hi bron yn hanner awr wedi wyth yn barod!

Ffarweliodd y tri yn sydyn, a chael fawr ddim ymateb gan Jac na Guto, ond nid dyna oedd yn eu poeni wrth iddynt ddechrau rasio 'nôl tuag adre.

Pennod 5

Cyrhaeddodd Guto 'nôl i'w fflat flêr ar gyrion Glyn Tirion a mynd i orwedd yn llipa ar y soffa, gan gau ei lygaid fel na welai'r llanast. Gallai deimlo papurau'n sgrenshian oddi tano – cymysgedd o bapurau newydd y penwythnos, biliau heb eu hagor a thameidiau o syniadau wedi'u sgriblo'n sydyn ar ddarnau blêr o bapur sgrap. Crwydrodd meddwl Guto yn ôl i ddigwyddiadau'r bore hwnnw, pan alwodd Haf Lewis o i'w swyddfa.

Haf Lewis oedd Golygydd y *Mail*. Roedd Guto wedi dysgu ei bod hi'n ddynes ddymunol, cyn belled â bod rhywun yn cytuno â hi, ond unwaith yr oeddech chi'n pechu Haf Lewis, anaml iawn y byddai hi'n maddau i chi wedyn. Hi oedd y ferch gyntaf i'w phenodi'n olygydd ar y papur newydd ac roedd hi'n uchelgeisiol iawn. Gwyddai Guto fod Haf Lewis yn ei wylio fel barcud, byth ers iddo ddechrau yn ei swydd chwe mis yn ôl.

'Mae 'na ddiogi yn dy sgwennu di, Guto,' meddai hi wrtho'r bore hwnnw, 'a dwi'n gwbod y gelli di neud yn well.' Roedd hi wedi gwenu'n gwrtais arno, meddyliodd Guto, ond roedd ei llygaid yn llawn rhybudd. Roedd hi'n teimlo fod awch Guto i wneud yn dda wedi pylu, a doedd hi ddim yn rhag-weld dyfodol iddo gyda'r *Mail* os nad oedd ei agwedd, yn ogystal â safon ei waith, yn gwella.

Agorodd Guto ei lygaid yn araf a chydio mewn amlen o

blith y pentwr o dan ei ben-ôl – bil arall. Roedd o'n gwybod y byddai ei swydd yn dibynnu ar y stori nesaf yma. Roedd ei chwe mis ar brawf gyda'r papur bron â dod i ben, a chyn hir byddai'n gwybod a oedd ganddo sicrwydd swydd a chyflog gyda'r *Mail* am dair blynedd neu a fyddai'n colli'i swydd. Ar hyn o bryd, ar ôl ei sgwrs gyda Haf Lewis bore 'ma, yr ail opsiwn oedd fwyaf tebygol. Roedd angen iddo brofi i Haf Lewis fod ganddo'r gallu i wneud mwy nag ysgrifennu'r math o erthyglau di-ddim yr oedd wedi eu cyflwyno iddi hyd yma. Yn anffodus i Guto, stori wirion am ddefaid oedd ei stori nesaf, a doedd honno ddim yn debygol o roi cyfle iddo brofi ei ddoniau.

Estynnodd am ei lyfr nodiadau a throi'r tudalennau'n frysiog, a'i feddwl ar grwydr. Byddai stori am ladrad, neu lofruddiaeth hyd yn oed, yn llawer gwell ganddo – stori gyffrous fyddai'n caniatáu iddo brofi ei allu i ysgrifennu, ond doedd stori am ddefaid ddim yn gynhyrfus o gwbl. Yna, edrychodd ar y tudalennau nodiadau o'i flaen, a sylwi ei fod wedi tanlinellu rhywbeth yng nghanol ei nodiadau – *defaid ar y tiroedd isel sy wedi dioddef*. Doedd dim pwynt dyheu am stori well, meddyliodd, dyma'r cyfan oedd ganddo, ei gyfle olaf i ddangos ei dalent i Haf Lewis, neu roedd popeth ar ben.

Ymbalfalodd yn ei fag am ei liniadur. Roedd hwnnw, fel ei gar, yn bygwth torri i lawr ers wythnosau, ac wedi gwrthod dod ymlaen o gwbl ryw noson wythnos diwethaf. Gobeithio i'r nefoedd na fyddai hynny'n digwydd heno.

Darllenodd y frawddeg eto; oedd, roedd rhywbeth diddorol yn y ffaith mai defaid ar y caeau isaf oedd y rhai sâl i gyd, a gwyddai mai dyna fyddai trywydd ei erthygl.

Hoffai fynd at wraidd hynny, ymchwilio ymhellach, dod o hyd i achosion tebyg yn y gorffennol efallai, ond nid oedd ganddo'r amser i wneud hynny heno. Roedd rhybudd Haf Lewis yn glir. Penderfynodd fwrw iddi tra oedd y cyfweliad yn ffres yn ei feddwl; gallai ganolbwyntio ar fân welliannau a newidiadau wedyn. Byddai'r stori'n barod erbyn hanner awr wedi deg, a byddai hynny'n siŵr o blesio'r golygydd. Ond wrth i'w feddwl grwydro'n araf at ddechrau'i sgwrs gyda Jac Bochgoch, meddyliodd Guto am y plant ar y buarth. Cafodd yr argraff mai wedi dod yno i fferm Jac i fusnesu oedden nhw. Gobeithio na fyddai'n dod ar eu traws eto, meddyliodd – doedd dim yn sicrach o ddifetha gwaith gohebydd da na phlant busneslyd.

Pennod 6

Roedd Glesni ac Eira yn y gegin yn paratoi cawl llysiau ar gyfer y diwrnod canlynol pan ddychwelodd y plant. Ddywedwyd yr un gair am y ffaith fod y plant yn hwyr yn cyrraedd adre. Tybiai Nel y gallai wedi ôl crio ar wyneb ei mam – doedd dim rhyfedd nad oedd hi wedi sylwi ar yr amser.

'Lobsgows ydach chi'n neud?' holodd Huw.

'Ia, rhyw fath o lobsgows … ond heb gig,' atebodd Glesni. Lobsgows oedd ail hoff fwyd Huw, ar ôl brecwast wedi'i ffrio, ac roedd y newyddion na fyddai cig ynddo yn ergyd. Ond yna, cofiodd am y ddafad druan.

'Pa gig sy mewn lobsgows fel arfer?' gofynnodd yn dila.

'Cig oen,' meddai Nel. Gwyddai o'r gorau pam yr oedd Huw yn holi – fo oedd y bwytawr cig mwyaf yr oedd hi'n ei nabod.

'O,' atebodd Huw, yn falch nad oedd o'n mynd i fwyta cig oen, am y tro o leiaf. 'Ydi Dad wedi ffonio heno?' mentrodd ofyn.

'Nac ydi … dim eto,' atebodd ei fam. 'Ond paid â phoeni, mae o'n siŵr o neud cyn hir …' meddai hi'n gysurlon wrth weld wyneb siomedig Huw.

Gwnaeth Eira ymdrech i newid y pwnc.

'"Cawl" ma' pobl Caerdydd yn galw "lobsgows", yntê Deri?' meddai.

'Ond be 'dach chi'n ddeud am be 'dan ni'n ei alw'n gawl, ta?' gofynnodd Nel yn ddryslyd.

'*Soup,*' meddai Deri, a dechreuodd pawb chwerthin.

'Ddaethoch chi ddim o hyd i ddafad wedi marw wrth fynd am dro heno 'te?' holodd Eira wedyn, fel jôc. Chwarddodd y plant yn nerfus, ond wnaeth yr un ohonynt gyfaddef mai wedi cerdded i fferm Jac yr oedden nhw. Trodd y sgwrs yn ôl at ddefaid Jac Bochgoch, a Nel yn cymryd arni mai wedi anghofio sôn am un manylyn yr oedd – mai defaid ar y tir isel oedd y rhai sâl i gyd.

'Defaid wrth yr afon, felly?' meddai Glesni'n awgrymog.

'Wrth gwrs!' gwaeddodd Deri. 'Ma' hynny'n gwneud synnwyr perffeth. Rhaid bod gwenwyn yn y dŵr 'na, a bod y defed wedi'i yfed e!'

Dywedodd Glesni y byddai'n rhaid rhoi gwybod i Alwyn yn y bore, gan mai ei adran o yn y Cyngor fyddai'r gorau i ddelio â'r sefyllfa. Edrychodd Nel a Huw ar ei gilydd; os oedd eu rhieni am ddechrau siarad â'i gilydd eto, efallai y byddai rhyw ddaioni'n dod o salwch y defaid wedi'r cwbwl.

Yn ddiweddarach y noson honno, roedd Deri, Nel a Huw wedi newid i'w dillad nos ac wrthi'n chwarae cardiau yn ystafell Huw, pan ddaeth Eira i mewn atyn nhw. Roedd ganddi bentwr o bapurau yr oedd hi wedi'u hargraffu oddi ar y cyfrifiadur, ac eglurodd ei bod wedi mynd ati i ymchwilio ar y we.

'Ro'dd beth awgrymaist ti am wenwyn yn yr afon yn gwneud synnwyr, Deri,' meddai. 'Fe fues i'n edrych ar wefan mudiad y Ddaear heno, ac fe ddes i o hyd i erthygl am achos o wartheg a defaid yn cael eu gwenwyno yn

Churcheston rai blynyddoedd yn ôl.'

Eisteddodd Eira ar lawr yng nghanol y plant, a thaenu'r papurau amrywiol o'i blaen.

'Mae'r manylion yn swnio'n ddigon tebyg i beth sy'n digwydd gyda defaid Jac, ond fedra i ddim bod yn siŵr. Bydd angen ymchwilio ymhellach.'

Roedd y plant wrthi'n darllen y papurau'n frwd, a sylwodd Deri eu bod wedi canfod pa gemegyn fu'n gyfrifol am y difrod yn Churcheston.

'Arsenic?! Ma' hwnnw'n wenwyn peryglus iawn, nagyw e, Mam?' gofynnodd.

'O ydi, yn hynod o beryglus!' atebodd Eira.

Ymddangosodd Glesni yn y drws. 'Peryglus ai peidio, mae hi'n amser gwely arnoch chi'ch tri rŵan,' cyhoeddodd. 'Dewch yn eich blaen …'

Cododd Nel ar ei thraed yn araf. 'Beth wnawn ni fory 'ta hogia?' holodd.

'Bydde dim ots 'da fi fynd i'r dre am sbel,' awgrymodd Deri. 'Dwi moyn rhoi credit ar 'yn ffôn i. Ges i ddim amser i neud 'ny cyn dod lan heddi …'

'Ac fe allech chi fynd draw i'r llyfrgell tra 'dach chi yno, i weld a gewch chi wybodaeth ychwanegol am Churcheston falle,' awgrymodd Eira. 'Mae 'na lwyth o stwff ar y we, ond mae'n anodd dod o hyd i'r union beth ydych chi ei angen weithiau.'

'Beth ydach chi'n meddwl y dylien ni fod yn chwilio amdano?' holodd Nel. 'Faswn i ddim yn gwybod ble i ddechrau …'

'Wel, falle mai chwilio am unrhyw bethau sy'n gyffredin rhwng Glyn Tirion a Churcheston fyddai orau i ddechrau, triwch weld a oes yna unrhyw debygrwydd … gofynnwch a

31

oes mapiau manwl ganddyn nhw.'

'Dim problem,' atebodd Nel. 'Mi fydd yn rhywbeth i'n cadw ni'n brysur, yn bydd?'

Edrychodd ar ei brawd bach am gefnogaeth. Doedd Huw ddim yn meddwl y byddai ymweliad â'r llyfrgell yn llawer o hwyl, ond doedd o ddim eisiau cael ei adael adre gydag Eira a'i fam chwaith.

'Iawn,' meddai Huw yn swta. 'Y llyfrgell amdani … Uchafbwynt y gwyliau. Hip, hip-hwrê …' ychwanegodd, heb lwyddo i gadw'r dôn sarrug o'i lais.

'Ocê, amser gwely rŵan – yn bendant!' meddai Glesni. 'Cyn i neb ddechrau ffraeo!'

Aeth Nel i'w llofft, diflannodd Eira i lawr y grisiau a phan aeth Deri i'r stafell molchi sylweddolodd Huw mai dyma'r tro cyntaf iddo ef a'i fam fod ar eu pen eu hunain ers oriau. Manteisiodd ar y cyfle.

'Mam?' sibrydodd. 'Ydi Dad am ddod adra cyn bo hir?'

Tynnodd Glesni anadl ddofn.

'Dwn i'm, cariad,' meddai o'r diwedd. 'Ond cer di i dy wely rŵan. Ma' Dad yn siŵr o ffonio cyn bo hir. Ty'd rwan – ma' gen ti ddiwrnod prysur efo Nel a Deri fory …'

Doedd gan Huw ddim amynedd i'w holi ymhellach. Roedd o wedi blino, ond wrth i'w fam gau'r drws a diflannu, gwyddai mai noson ddi-gwsg arall oedd o'i flaen. Yn arbennig gan y byddai rhywun arall yn gorwedd yn y bync oddi tano.

Pennod 7

Cododd Huw ei ben yn araf oddi ar ei glustog ac edrych at y ffenest. Roedd llygedyn o haul yn llifo trwy fwlch yn y llenni ac yn chwarae mig ar y papur wal. Ymlwybrodd i lawr ysgol y bync yn araf, gan edrych tuag at y gwely isaf ond doedd Deri ddim yno, dim ond gwely gwag, taclus.

Daeth o hyd iddo yn y gegin, a llyfr nodiadau ei fam a'r papurau a argraffodd y noson cynt wedi'u pentyrru'n swp ar ganol y bwrdd, ac ôl nodiadau bras arnynt.

'Haia,' meddai Huw wrtho, gan rwbio'i lygaid. 'Faint o'r gloch ydi hi?'

'Chwarter i naw,' atebodd Deri. ''Sneb arall lan – 'smo chi'n codi'n gynnar iawn yn tŷ chi, odych chi? Dere i weld beth 'wy 'di ffindo …' a throdd yn ôl at y nodiadau. Methai Huw ddeall pam fyddai neb eisiau codi mor fore a hithau'n wyliau ysgol, ac roedd 'na rywbeth am Deri oedd yn bendant yn crafu ar ei nerfau.

'Ti moyn *croissant*?' holodd Deri.

'Na, dim diolch. Gymera i wy,' atebodd Huw yn dawel.

''Co fe fan hyn!' cyhoeddodd Deri, a dechreuodd ddarllen tamaid o'r erthygl i Huw. '*It is believed that the arsenic came from pesticides, used by local farmers.*' Edrychodd Deri fel pe bai'n disgwyl cymeradwyaeth, ond doedd Huw ddim yn deall,

'Falle taw Jac ei hunan, neu un o ffermwyr eraill yr ardal

33

sy wedi llygru'r afon,' meddai Deri.

'Ond sut ma' profi hynny?' gofynnodd Huw, a'i feddwl cysglyd yn dal i geisio deffro.

'Sa i'n gwbod, ond fi moyn darllen tam' bach am arsenic pan ewn ni i'r llyfrgell heddi, a wedyn treial ffindo mas beth ma' Jac yn iwso ar ei dir,' meddai Deri wedyn, cyn cymryd llwnc helaeth o'i sudd oren.

Astudiodd Huw o'n ofalus, gan geisio darganfod be'n union am y bachgen hyderus nad oedd yn ei hoffi. Roedd o'n llawer rhy frwdfrydig a hyderus yn un peth.

'Duwcs, 'dach chi 'di codi'n gynnar!' meddai llais o'r tu ôl iddo. 'A 'di clirio'r gegin, hefyd! Wel, diolch i chi hogia!' meddai Glesni wrth roi'r tegell i ferwi. Doedd Huw ddim wedi sylwi ar y gegin daclus, ond wrth iddo edrych o'i gwmpas sylweddolodd fod y lle fel pìn mewn papur. Edrychodd yn ôl tuag at Deri mewn syndod a dyna ymddygiad perffaith Deri wedi codi'i wrychyn eto. Roedd Deri'n amlwg wedi llwyddo i blesio'i fam, ond rywsut, doedd Huw ddim yn hoffi hynny o gwbl.

Dros frecwast, cytunodd pawb ei fod yn ddiwrnod perffaith i gael picnic, a dechreuwyd trafod y lleoliad gorau.

'Be am beidio mynd i unman yn y car?' meddai Eira. 'Mi roedd y siwrne bedair awr yn y car ddoe yn ddigon i fi a Deri am y tro!'

Awgrymodd Nel eu bod yn cerdded i Goed Carped, ei hoff le hi yn y byd i gyd yn grwn.

'Tywyll braidd fydd hi yn fan'no,' meddai Glesni. 'Mae'r coed yn taflu gormod o gysgodion ac mi fasa'n well gen i fod yn yr haul. Be am fynd i Gae Cwm, yr ochr draw i Goed Carped? Mae o'n reit bell, ond mae'r olygfa'n grêt yno – ac o leia fe gawn ni gerdded adre trwy'r coed wedyn.'

'Swnio'n berffaith,' meddai Eira'n gyffrous. 'Gei di a fi baratoi salads ar gyfer y picnic tra bydd y plant yn y dre.'

Gallai Huw deimlo'i lygaid yn rholio eto. Be sy'n bod ar frechdan ham, meddyliodd.

Brysiodd Nel i wisgo, ac yna sleifiodd i lawr y grisiau'n ddistaw bach. Roedd hi'n ymwybodol o sŵn Huw yn yr ystafell ymolchi, ac o Deri'n mwmian canu iddo'i hun yn y llofft. Roedd deuddydd, bellach, ers i'w thad adael, ac ychydig iawn oedd neb wedi'i ddweud amdano yn y cyfamser. Clustfeiniodd ar sgwrs ei mam ac Eira, a chlywodd Glesni'n dweud ei bod am ffonio Alwyn yn nes ymlaen.

'Mi ddyliwn i ddweud wrtho am yr afon, i weld a all o drefnu profion ar y dŵr neu rywbeth ond does gen i fawr o awydd siarad hefo fo, a dweud y gwir.'

'Mi fydd yn siŵr o holi a wyt ti wedi newid dy feddwl,' awgrymodd Eira.

Ceisiodd Nel glustfeinio'n fanylach, a chlywodd ei mam yn dweud 'Mae o drosodd, Eira, dwi'n sicr o hynny.'

Roedd fel pe bai ei geiriau wedi gwneud i bopeth aros yn ei unfan am eiliad. Gallai Nel deimlo'i chalon yn carlamu yn ei brest, ac yn ei dychryn, methodd ei throed y ris olaf yn llwyr. Baglodd yn bendramwnwgl i'r llawr a rhuthrodd Glesni ac Eira i'r cyntedd i weld beth oedd wedi digwydd.

'Wyt ti'n iawn, Nel?' holodd ei mam yn bryderus.

'Ydw, dwi'n meddwl,' atebodd Nel, ond edrychodd hi ddim i lygaid ei mam, ac edrychodd ei mam ddim i'w llygaid hithau, chwaith. Gwyddai'r ddwy o'r gorau ei bod wedi clywed y cwbl.

Roedd Nel yn falch o gael gadael y tŷ o'i hôl wrth i'r tri ohonyn nhw gychwyn am y llyfrgell. Ni ddywedodd yr un gair am yr hyn a glywodd yn gynharach – doedd hi'n bendant ddim am i Huw wybod eto, a doedd hi ddim eisiau trafod y peth gyda Deri chwaith. Penderfynodd y byddai'n canolbwyntio ar geisio datrys dirgelwch y defaid y bore 'ma. O leiaf roedd hynny'n help i gadw ei meddwl yn brysur, ac yn ei rhwystro rhag poeni am sefyllfa ei rhieni.

Wrth gerdded i lawr i'r dre, cafodd Nel a Huw gyfle i edmygu ffôn Deri. Roedd ganddo un o'r ffonau diweddaraf, un bach, twt oedd â chamera ac mp3 yn rhan o'r peiriant sgleiniog.

Teimlodd Huw y genfigen yn codi ynddo. 'Tydi Mam ddim yn fodlon i mi gael ffôn o gwbl eto,' meddai'n ddiflas.

'A dim ond hen un Dad sydd gen i,' meddai Nel. 'Mae o'n gwneud y tro i decstio'n ffrindia, ond dwi'n gobeithio cael un gwell ar gyfer fy mhen-blwydd nesa. Ella cei di hon ar fy ôl i, yli Huw,' ychwanegodd, gan geisio codi calon ei brawd.

'Ma' ffôn yn rhan o dy *street-cred* di yn Gaerdydd,' meddai Deri. 'Sai'n mynd i unman heb hon.'

Ar ôl trefnu'r credyd ar ffôn Deri, aeth y tri yn eu blaen i'r llyfrgell. Wedi holi wrth y ddesg, eglurodd y llyfrgellydd na fyddai'n bosib cael map manwl o Churcheston tan drannoeth, ond gallai ddarparu llungopi o fap manwl o Glyn Tirion.

Edrychodd y llyfrgellydd ar Deri yn rhyfedd pan ofynnodd y bachgen a oedd ganddyn nhw unrhyw lyfrau am arsenic.

'Stwff peryg ydi hwnnw ... i be ydach chi isio gwybod am betha felly?'

'Fi moyn gwbod ble i ga'l peth,' meddai Deri a'i lygaid yn

dawnsio. 'Fi isie rhoi peth ym mrechdane Mam.'

Chwarddodd Huw a Nel wrth weld ymateb y llyfrgellydd.

Yn y diwedd, cyfeiriodd y llyfrgellydd Deri at rai o lyfrau'r adran wyddonol, ac er i Deri deimlo'i galon yn suddo wrth feddwl am geisio'u darllen i gyd cyn cinio, aeth i'r afael â nhw heb ffwdan. Tra oedd Deri'n brysur yn gwneud hynny awgrymodd Nel y dylai hi a Huw chwilio ar y cyfrifiadur erthyglau papur newydd, rhag ofn bod mwy ar gael yno am hanes Churcheston. Buan y daeth y ddau o hyd i'r un erthygl ag y cafodd Eira hyd iddi ar wefan mudiad y Ddaear, ond er pori trwy nifer o erthyglau eraill ym mhapur lleol yr ardal, doedd dim arall wedi'i gyhoeddi am y digwyddiad yn Churcheston.

'Rhyfadd ydi hynny, 'de,' meddai Nel, yn methu'n glir â deall sut nad oedd hanes yr anifeiliaid marw a'r gwenwyn wedi'i grybwyll yn unman arall.

Sgroliodd Huw yn ei flaen at y rhifyn nesaf o'r papur. Erthygl am golli swyddi yn yr ardal oedd ar dudalen flaen yr wythnos honno, a hanes ffatri leol yn cael ei gwerthu i gwmni o Siapan. Roedd llun gŵr o'r enw Wynford Wilbert, perchennog y ffatri, yn ysgwyd llaw â'r rheolwr Siapaneaidd newydd.

'Ma' hyn yn anobeithiol,' ebychodd Nel. 'Ty'd, dwi cael digon … a dwi isio bwyd.'

Cododd yn sydyn a mynd i chwilio am Deri. Edrychodd Huw ar y llun unwaith eto, gan syllu ar wên lydan Wynford Wilbert. Yna, cododd yn frysiog a dilyn Nel, gan adael y cyfrifiadur fel ag yr oedd.

Roedd Deri'n dal i ddarllen mewn cornel dawel o'r llyfrgell. Edrychai'r pentwr llyfrau yn llai erbyn hyn, ac roedd nodiadau blêr ganddo o'i flaen. Plygodd Nel i sibrwd rhywbeth yng nghlust Deri a theimlodd Huw ar ei union ei fod yn cael ei gau allan o'u cylch cyfrin. Roedd o wedi cael digon.

'Ti'n gwastraffu dy amser, Deri. Does 'na'm math o brawf mai arsenic laddodd y defaid 'na a tydan ni ddim yn gwybod fod 'na ddim byd yn bod ar afon Tirion, chwaith, ydan ni?' brathodd.

'Ond mi alle fod,' meddai Deri'n dawel, gan droi at Nel. 'Mae'r symtome'n swnio'n debyg. Wedodd Jac bod y defed sâl yn crynu, on'd o?'

'Chlywis i mo hynny,' meddai Huw wedyn, cyn i'w chwaer gael cyfle i ateb.

'Naddo, achos roeddat ti'n rhy brysur yn syllu ar y ddafad farw 'na … ti mor … mor … *morbid*!' dwrdiodd Nel wedyn.

'Wel,' meddai Deri, gan chwilio drwy'i nodiadau, 'mae e'n gweud fan hyn – *Shivering is a classic sign of arsenic poisoning.*'

Gadawodd hynny Huw'n fud; roedd hi'n ymddangos fel petai Deri'n iawn, ond roedd Huw hefyd wrthi'n ceisio dyfalu beth yn y byd yr oedd '*morbid*' yn ei olygu.

Wrth i'r plant adael y llyfrgell gwthiodd dyn heibio iddynt yn y drws cul, heb edrych i ble'r oedd yn mynd. Sylweddolodd Nel ar unwaith pwy oedd y dyn – neb llai na Guto, gohebydd y *Mail*.

'Hei! Helô!' galwodd Nel ar ei ôl, gan obeithio y byddai Guto fymryn yn fwy serchus â nhw nag a fu y diwrnod blaenorol.

'O! Helô chi'ch tri. Ydach chi 'di gweld yr erthygl yn y *Mail* eto?' holodd Guto, yn wên o glust i glust. Roedd y tri wedi anghofio popeth am brynu'r papur.

'Jest ar y ffor' i neud 'ny nawr!' atebodd Deri'n gelwyddog.

''Dan ni'n edrych ymlaen i ddarllen eich cyfweliad chi gyda Jac,' ychwanegodd Nel yn serchog.

'Well i chi frysio, mae o 'di gwerthu allan yn siop y gongl … ond ma' un neu ddau ar ôl yn Siop Tirion!' meddai Guto wedyn, a'i wên yn lletach fyth.

Ddywedodd Huw yr un gair, ond sylwodd ar Guto'n cymryd cipolwg slei ar y bwndel nodiadau oedd gan Deri o dan ei fraich.

Pennod 8

Yn gynharach y bore hwnnw, roedd Haf Lewis wedi galw Guto i mewn i'w swyddfa cyn iddo gael amser i eistedd wrth ei ddesg. Teimlai Guto ei fod wedi ysgrifennu erthygl dda am y defaid, ond roedd wyneb ei olygydd yn awgrymu ei bod hi ar fin rhoi pryd o dafod iddo. Eisteddodd yn simsan, yn ceisio rhag-weld yr hyn oedd i ddod.

'Guto bach,' dechreuodd Haf, 'mae'n rhaid i mi ddweud fod hyn yn gywilyddus.' Roedd ei llygaid craff yn rhythu arno, a thynhaodd stumog Guto.

'Rwyt ti wedi bod yma ers bron i chwe mis, a dim ond rŵan wyt ti'n dechrau dangos i mi dy fod ti'n gallu sgwennu!' meddai, gan wenu'n gynnil, a gwelodd Guto ei bod wedi'i phlesio o'r diwedd. Gallai deimlo'r rhyddhad yn lledu drwy'i gorff. Ychwanegodd y golygydd fod ganddo yr union beth oedd galw amdano – stori leol wedi'i sgwennu mewn ffordd hawdd i'w ddarllen, ond y math o erthygl fyddai hefyd yn gwneud i'r darllenydd fod eisiau gwybod mwy.

'Dyma'r ffordd i godi gwerthiant y papur. Mi fydd prynwyr heddiw'n prynu fory, achos mi fyddan nhw eisiau gwybod beth yw'r diweddaraf am y stori!' meddai hi wedyn, a bellach roedd ei llygaid blin yn dawnsio'n llon.

Roedd Guto mor falch. O'r diwedd roedd o wedi llwyddo i drosglwyddo stori yn llwyddiannus a chlir, ac roedd Haf Lewis yn hapus.

'Y cwestiwn mawr, Guto, yw pam nad wyt ti'n llwyddo i wneud hynny o hyd?' gofynnodd Haf Lewis, a'i llais yn galetach y tro hwn. Wyddai Guto ddim sut i'w hateb. Penderfynodd wenu arni; roedd ei fam bob amser wedi dweud wrtho fod gwên yn mynd yn bell. Er syndod iddo, gwenodd hithau'n ôl arno, cyn mynd yn ei blaen i egluro mai'r stori hon yr oedd Guto i ganolbwyntio arni am yr ychydig ddyddiau nesaf. Roedd Guto wrth ei fodd; gallai ymchwilio ymhellach ac efallai fynd at wraidd y stori.

'Os medri di gario mlaen i sgwennu fel hyn, fedra i gynnig cytundeb tair blynedd a chodiad cyflog o …' Agorodd Haf Lewis ei dwylo i ddangos deg bys, a meimio'r gair 'deg'. Bu bron i Guto lewygu; roedd y codiad cyflog yn un hael. Fyddai dim rhaid iddo boeni am yr un bìl byth eto, meddyliodd.

'Dos rŵan 'ta. Ma' gen ti lot i'w neud!' gorchmynnodd Haf yn sydyn, 'a dwi'n disgwyl i ti gynnal y safon dros y dyddiau nesaf, cofia!' Fel yr agorodd Guto'r drws i adael ei swyddfa, daeth un floedd olaf o gyfeiriad y ddesg,

'A Guto?'

Trodd Guto ati.

'Mae gwerthiant bore heddiw yn fwy na'r gwerthiant arferol mewn wythnos gyfa!' meddai.

Gwenodd Guto iddo'i hun yn y llyfrgell wrth gofio am y cyfarfod. Edrychodd ar ei oriawr. Roedd hi'n un o'r gloch, ac roedd o wedi gwastraffu digon o amser yn meddwl am ei gyfarfod gyda Haf Lewis! Roedd yn rhaid iddo geisio darganfod trywydd newydd i'r stori os oedd am blesio'r golygydd eto bore fory. Prin yr oedd wedi canolbwyntio o gwbl ar y ddwy dudalen yr oedd newydd eu darllen.

41

Edrychodd ar glawr y llyfr unwaith eto – *Farmer's Guide to Sheep and Goats' Health*. Penderfynodd beidio â gwastraffu mwy o amser yn ceisio deall cynnwys y llyfr o'i flaen. Byddai'n cymryd cip ar y cyfrifiadur erthyglau i weld a oedd yna unrhyw beth o werth yn fanno, ac yna'n mynd 'nôl i'r swyddfa a chodi'r ffôn ar amrywiol arbenigwyr – gan ddechrau gyda'r milfeddyg.

Crwydrodd ei feddwl yn ôl at y plant. Roedden nhw'n bendant yn busnesu, ac yn amlwg ar drywydd yr un stori ag o. Roedd wedi llwyddo i gael cip cyfrwys ar nodiadau'r hynaf o'r bechgyn, ac yng nghanol yr ysgrifen flêr roedd wedi sylwi ar y gair 'gwenwyn'.

Efallai'n wir mai gwenwyn ac nid salwch oedd yn gyfrifol am golledion Jac. Byddai hynny'n gwneud synnwyr gan fod y defaid sâl i gyd yn pori yn yr un o'r fferm – ar y caeau isaf, ar gyrion yr afon. Chafodd o mo'r cyfle i fynd ar ôl hynny ddoe ond gallai fforddio treulio rhai oriau'n ymchwilio i hynny heddiw. Tybed a allai ddefnyddio'r plant wedi'r cwbl? Roedden nhw'n amlwg yn wybodus ac yn weithgar. Ychydig o amynedd oedd arno ei angen, meddyliodd, ac efallai y byddai'n falch o'u help.

Cododd ac aeth draw at y cyfrifiadur. Cliciodd ar y llygoden er mwyn cael gwared ar yr arbedwr sgrin a daeth tudalen flaen hen gopi o'r *Churcheston and District Herald* i'r golwg. Symudodd y dudalen i lawr yn chwilfrydig a chraffu ar y llun. Roedd enw ac wyneb un o'r dynion yn gyfarwydd, ond methai'n glir â meddwl ble ar y ddaear roedd o wedi'i weld o'r blaen.

Pennod 9

O fewn pum munud i ffarwelio â Guto roedd y plant yn sefyll y tu allan i Siop Tirion, a'r tri am y gorau i ddarllen erthygl tudalen flaen y papur.

'Symud, Huw,' meddai Nel yn ddiamynedd. 'Ti yn y ffordd! Dwi'n methu gweld!'

'Gad lonydd i fi, Nel!' ebychodd Huw.

'Ffraeo ydach chi'ch dau eto?' meddai llais cyfarwydd wrth eu hochr. Trodd y tri mewn syndod a gweld Alwyn, tad Nel a Huw, yn sefyll yno'n gwenu.

'Helô!' meddai wedyn, gan fod y tri'n syllu arno yn gegagored. Yna, anghofiodd Huw am y papur a thaflodd ei freichiau byr o amgylch ei dad, gan gydio ynddo yn dynn, dynn.

'A be amdanat titha, Nel? Wyt ti ddim am ddeud helô wrth dy dad?' meddai Alwyn yn gellweirus, ond roedd ei lais yn dawelach y tro hwn.

'Haia,' atebodd Nel yn swta. Doedd ganddi mo'r awydd lleia i siarad â'i thad heddiw. A dweud y gwir, fo oedd y person diwethaf yr oedd hi am ei weld. Allai hi ddim edrych arno heb glywed geiriau ei mam yn datgan bod popeth drosodd rhyngddyn nhw.

'Darllan hanas y defaid ydach chi?' holodd Alwyn. 'Ar y ffordd i brynu'r papur o'n i rŵan ...' ychwanegodd. Sylwodd ar Deri, a chraffu arno am eiliad.

'Deri? Ti sy o dan y gwallt yna? Rargian, ti 'di prifio!' meddai Alwyn dan chwerthin.

'Siwd 'ych chi?' meddai Deri a gwenu arno'n gwrtais.

Trodd Alwyn ei sylw yn ôl at Nel. 'O'n i am ffonio heno, meddwl tybad ...'

'Oeddat ti wir? A chditha heb foddran cysylltu ers deuddydd!' torrodd Nel ar ei draws yn hy.

'Nel, ma' hi 'di bod yn anodd ...' dechreuodd Alwyn yn llipa.

'Yndi. Yn anodd iawn. Yn enwedig i ni.' Syllodd Nel i fyw llygaid ei thad. Amheuai am eiliad ei bod wedi mynd yn rhy bell, ond gwelodd yr euogrwydd yn ei lygaid. Roedd Alwyn yntau'n teimlo'n ofnadwy; roedd wedi ystyried ffonio, ac wedi codi'r ffôn sawl gwaith dros y dyddiau diwethaf, ond wedi methu deialu bob tro. Wnaeth o ddim ceisio egluro hynny i Nel – roedd y cyfan yn rhy gymhleth ar gyfer sgwrs cornel stryd.

'Ma' gen i lot ar fy mhlât ar y funud, rhwng bob dim,' meddai, ond teimlai fod ei eiriau'n swnio fel esgus.

'Well i ni fynd,' meddai Nel yn oeraidd, gan amneidio ar Huw.

''Dan ni'n mynd i gael picnic. Ti isio dod hefo ni?' gofynnodd Huw iddo.

'Well i mi beidio, boi,' meddai Alwyn. 'Ma' rhaid i mi fynd 'nôl i'r gwaith rŵan. Ma' hi fel ffair yn y swyddfa.' Eglurodd fod helynt y defaid yn destun sgwrs gan bawb drwy'r bore. 'Pawb yn awyddus i roi'r bai ar y Cyngor! Mae'r adrannau i gyd ar binnau, yn arbennig adran yr amgylchedd.'

Craffodd Deri arno wrth glywed hynny. 'A shwt ma'ch adran chi'n ymdopi?' gofynnodd yn ddeifiol.

'Gweddol. Mae 'na amball gyhuddiad 'di cael 'i luchio tuag aton ni yn y dyddiau diwethaf 'ma, ond dwi'm yn poeni'n ormodol am hynny. Cael at y ffeithiau, dyna sy'n bwysig,' atebodd Alwyn.

'Ma' Deri'n meddwl falle mai arsenic 'di o, Dad – yn yr afon!' cyhoeddodd Huw. 'Ydach chi'n meddwl ei fod o'n iawn?'

'Fedra i'm atab hynny, Huw bach. Does gen i ddim prawf o ddim byd eto. Ond rhag ofn ei *fod* o'n iawn, cadwch draw o dir Jac Bochgoch, a chadwch draw oddi wrth yr afon 'na hefyd, am y tro.'

Dychrynodd Huw wrth glywed rhybudd ei dad. Penderfynodd beidio â dweud wrtho eu bod nhw eisoes wedi ymweld â fferm Jac y noson cynt, na'u bod wedi cerdded wrth lan yr afon y noson cyn honno. Doedd Nel ddim yn gwrando ar ei thad; roedd ei llygaid blin bellach yn astudio'r papur newydd eto.

'Nel! Wyt ti'n gwrando? Byddwch chi'n ofalus,' rhybuddiodd Alwyn eto, yn amlwg o ddifrif, a gwelodd Nel nad oedd lle iddi ddadlau.

'Ia, iawn …' meddai'n swta, cyn ychwanegu, 'well i ni fynd.' A heb air arall, trodd Nel ar ei sawdl a chychwyn am Gae Cwm, gyda Deri'n dynn ar ei sodlau.

Plygodd Alwyn a tharo cusan ar dalcen Huw, gan gynnig eu bod yn dod am swper ato i dŷ Nain ryw noson, ac roedd y syniad hwnnw'n ddigon i godi calon Huw; tatws a grefi a llawer iawn, iawn o gig, meddyliodd!

'Ac ma' croeso i chi alw heibio i'r swyddfa os byddwch chi yn y dre – unrhyw dro!' meddai Alwyn wedyn, yn ddigon uchel i Nel ei glywed, ond chymerodd hi ddim sylw ohono, dim ond dal i fartsio yn ei blaen. Sylweddolodd Huw y byddai'n well iddo ddilyn ei chwaer, cyn iddi ddiflannu o'i olwg yn llwyr.

'Pryd fydd y swpar 'ma, 'ta?' holodd dros ei ysgwydd.

'Drefnwn ni rwbath,' atebodd Alwyn yn dawel, ac er nad oedd yr ateb hwnnw'n plesio, byddai'n rhaid iddo wneud y tro. Cychwynnodd Huw ar ôl y ddau arall, ond ar ôl dau gam, cofiodd fod arno angen gofyn un peth arall.

'Dad!' gwaeddodd.

'Ia?'

'Gofyn i Nain gawn ni rwbath 'blaw cig oen!'

Pennod 10

Wrth i'r plant nesáu at Gae Cwm, roedd hi'n annioddefol o boeth, ond er gwaetha'r tywydd braf, wynebau hir oedd gan y ddwy fam pan gyrhaeddodd Nel, Huw a Deri y cae.

'Mi fydd raid mynd i rwla arall,' meddai Glesni ar ei hunion. 'Dewch!' meddai wedyn, gan geisio'u gwthio'n ôl drwy'r giât. Eglurodd Eira eu bod wedi dilyn y llwybr heibio'r afon i'r cae, a'u bod wedi gweld haig o bysgod marw yn y dŵr.

'Ma' drewdod y pysgod yna wedi troi arnon ni'n dwy,' meddai Eira.

'Dwi'm yn ogleuo dim byd!' meddai Huw, gan feddwl bod Eira'n gwneud ffys, braidd.

'Wel, mi rydw i, felly ffwrdd â ni. Lle 'dach chi isio mynd?' gofynnodd Glesni, yn fyr ei hamynedd.

Aethant i gerdded trwy Goed Carped am ychydig, a Nel wrth ei bodd yn cael esgus i ymweld â'r coed. Roedd Deri'n awyddus i aros yng nghysgod y coed, ac yn annog ei fam a Glesni i gadw allan o'r haul.

'Paid â phoeni, Deri, mi rydan ni'n dwy wedi rhoi digonedd o eli haul,' meddai Eira. 'Sut aeth hi yn y llyfrgell bore 'ma?' gofynnodd wedyn. 'Unrhyw beth o ddiddordeb?'

'Dim lot. Mae'r pysgod 'na'n fwy diddorol, wedwn i. Ma' fe'n cadarnhau fod rwbeth yn bod 'da'r dŵr 'na, on'dyw e?'

Ar ôl cerdded tipyn, cyrhaeddodd y criw at lecyn agored

ac awgrymodd Glesni eu bod yn aros yn y fan honno i fwyta. Roedden nhw i gyd ar lwgu, felly estynnwyd y blancedi a'r bwyd o'r bagiau.

Prin oedden nhw wedi dechrau bwyta pan ddaeth sŵn o gyfeiriad pen uchaf y goedwig. Roedd dyn a dynes, a golwg ffurfiol ar y ddau, yn cerdded yn araf tuag atynt. Gwisgai'r gŵr siwt, esgidiau lledr a het wellt am ei ben, yn gysgod iddo rhag yr haul. Roedd y ddynes wedi'i gwisgo'n drwsiadus hefyd, mewn sgert a blows, a'i gwallt yn daclus. Trodd y pump i edrych arnynt, gan godi llaw i'w cyfarch. Gwenodd y ddynes arnynt a chwifio'n ôl, ac yna trodd pawb eu sylw yn ôl at eu bwyd eto. Dim ond Huw oedd yn dal i syllu ar eu hôl – roedd rhywbeth cyfarwydd am y gŵr, ac wrth iddo'u gwylio'n mynd o'r golwg rhwng y canghennau, sylwodd ar ben y gŵr yn cymryd tro sydyn tuag ato, yn rhoi un cipolwg slei yn ôl, ac yna'n diflannu.

Dros ginio, chwiliodd Huw am gyfle i geisio dweud wrth ei fam eu bod wedi gweld Alwyn yn y dref, ond roedd hi'n rhy brysur yn sgwrsio gydag Eira a Deri i sylwi fod ei mab eisiau rhannu rhywbeth â hi. Gallai Huw deimlo Deri'n mynd ar ei nerfau eto wrth wrando arno'n siarad mor hyderus yng nghwmni'r oedolion. Roedd y bachgen yma fel petai o'n gwybod popeth. Aeth Huw i eistedd ar gangen coeden i bwdu nes fod y criw yn barod i gychwyn am adre.

Wrth adael cysgod y coed a dod allan i'r haul cryf eto, ymddangosodd tiwb o eli haul dan drwyn Huw.

'Dere,' meddai Deri'n awdurdodol. 'Rhwta beth o hwn ar dy wyneb.'

Roedd Huw wedi cael digon. Doedd o ddim am ildio i orchmynion bachgen oedd fawr hŷn na Nel!

'Neith chydig o haul ddim fy lladd i, Deri, na neith?' wfftiodd Huw yn flin. Gwthiodd y law oedd yn dal yr eli haul oddi wrtho.

'Alle fe,' meddai Deri, a'i lais yn dawelach y tro hwn. ''Na beth laddodd 'nhad i.'

Teimlodd Huw bob diferyn o waed yn llifo o'i wyneb. Trodd i edrych ar Deri, ond roedd o'n dal i gerdded yn ei flaen, a golwg fel pe na bai dim wedi digwydd arno. Arafodd Huw. Teimlai'n wirioneddol hunanol. Doedd o ddim wedi oedi i ystyried cefndir y bachgen. Dros y pedair awr ar hugain diwethaf roedd Huw wedi meddwl amdano'i hun, a neb arall. Roedd o'n boddi mewn hunandosturi am ei fod yn colli cael ei dad adre ar yr aelwyd, ac am fod Deri a'i fam yn amharu ar ei batrwm teuluol arferol.

'Sori, Deri,' meddai Huw yn dawel, heb wybod beth arall i'w ddweud, a theimlai ddagrau'n llosgi yn ei lygaid. Edrychodd Deri arno, a thristwch yn llenwi'i wyneb,

'Ma'n olreit. Paid becso. Fyddet ti'n rhy ifanc i'w gofio fe, ta beth,' meddai'n dyner, a gwenu. Gwenodd Huw yn ôl, gan edmygu Deri am fod mor ddewr a pharod i faddau. Penderfynodd yn y fan a'r lle fod raid i'r holl genfigen wirion a'r atgasedd a deimlai tuag ato ddod i ben.

'Deri?' meddai wedyn, heb wybod yn iawn beth oedd o eisiau'i ddweud.

'Ie?'

Ond ddaeth y geiriau ddim, ac yn lle siarad, estynnodd Huw am y tiwb oedd yn dal yn llaw Deri a dechrau taenu peth o'r eli dros ei wyneb.

Roedd Glesni, Eira a Nel ychydig gamau ar y blaen i'r bechgyn, ac roedden nhw wedi dechrau trafod yr afon a'r pysgod eto.

'Ydi Deri ar y trywydd cywir? Ydach chi'n meddwl mai gwenwyn ydi o?' gofynnodd Nel yn chwilfrydig.

'Mae o'n bendant yn rhyw fath o wenwyn. Mae 'na rywbeth ... neu rywun, wedi gwenwyno'r defaid a'r pysgod yna, a'r afon ydi'r cyswllt amlwg rhyngddyn nhw, dwi'n siŵr,' atebodd Eira.

'Ond pa fath o wenwyn, ac o ble daeth o – dyna 'dan ni ddim yn ei wybod,' ychwanegodd Glesni.

Daliodd Deri a Huw i fyny â nhw, ac ymuno yn eu sgwrs.

'Ry'n ni wedi dysgu lot 'da mudiad y Ddaear,' meddai Deri. 'Yn anffodus, mae gwastraff a chemegau'n creu probleme amgylcheddol fel hyn o hyd.'

'Fydda cemegau'n lladd pysgod hefyd?' gofynnodd Huw.

'A bod yn onest, dwi ddim yn gwybod i sicrwydd,' atebodd Eira.

'Ond pwy fydda'n debygol o roi gwenwyn mewn afon?' holodd Huw eto. 'Fydda neb yn gneud hynny'n fwriadol, siawns?'

'Oes 'na ffatri neu rwbath yn lleol?' gofynnodd Eira, a llygedyn o obaith yn ei llais.

'Wel, mae 'na ffatri deganau tu allan i'r dre,' awgrymodd Huw. 'Dwi rioed 'di bod yna, ond mi fedrwch chi ei gweld hi yn y pellter, draw fan'cw – sbiwch.'

Oedodd Eira a Deri a throi i edrych i'r cyfeiriad ble roedd Huw yn pwyntio. Gwelsant gip o'r to gwastad, llwyd, oedd bron o'r golwg tu ôl i'r coed.

'Ma'n bosib,' meddai Eira, 'ond ma' hi yr un mor bosib mai cemegau rhywun arall yn y cyffiniau sy'n gyfrifol. Mae pobl mor ddiofal gyda chwynladdwr a gwrtaith a phetha felly. Debyg y bydd raid i ni ddisgwyl nes bydd y Cyngor neu rywun wedi gwneud eu profion cyn cael gwybod y gwir, mae'n siŵr.'

'A rhwng nawr a 'ny – bydd rhaid i'r amgylchedd ddiodde,' ychwanegodd Deri yn sinicaidd.

Wrth i weddill y criw oedi, roedd Glesni a Nel wedi cerdded yn eu blaen.

'Glywis i chdi bora 'ma,' meddai Nel yn dawel.

Doedd dim angen iddi ddweud mwy na hynny; roedd Glesni'n gwybod yn iawn fod ei merch wedi'i chlywed yn trafod ei phriodas y bore hwnnw.

Ceisiodd ei chysuro. 'Ro'n i'n amau,' meddai Glesni. 'Ond rhaid i ti beidio poeni, Nel – tydi hi ddim yn ddiwedd y byd, 'sti.'

Doedd Nel ddim yn hollol siŵr a oedd hi'n cytuno â hynny. Teimlai fel petai hi'n sicr yn ddiwedd ar ei byd bach teuluol hi, ond ddywedodd hi mo hynny.

'Welson ni Dad yn y dre bore 'ma. Mi ddudodd o 'i fod o wedi bwriadu ffonio … ond dwi'm yn siŵr ydw i'n ei gredu o.'

'Mae pethau'n anoddach ar Dad, falle,' atebodd Glesni. 'Tydi hi ddim mor hawdd pan wyt ti'n byw yng nghartra rhywun arall, ma' siŵr. A debyg ei fod o'n brysur gyda'r busnes diweddaraf yma …'

Gallai Nel weld nad oedd ei mam yn credu ei geiriau ei hun, ac mai ceisio amddiffyn ei thad yr oedd hi.

'Dwi ddim yn deall hyn,' meddai yn llawn rhwystredigaeth. 'Un diwrnod mae popeth yn iawn rhyngoch chi, neu o leia'n weddol, a wedyn ma' popeth ar ben. Mae o wedi

51

digwydd mor sydyn …'

'Nel fach … mae petha wedi bod yn fregus ers blynyddoedd,' meddai Glesni, a'i llais yn dawelach nag arfer. 'Ma' hi wedi bod yn galed trio peidio dangos hynny i chi'ch dau … a trio eto ac eto hefo Dad i 'neud petha'n well …'

'Felly, ti o ddifri? Mae o'n wir be ddwedaist ti bora 'ma – ma' bob dim drosodd rhyngoch chi?' gofynnodd Nel, gan geisio rheoli'r cryndod yn ei llais.

'Dwn i'm, Nel, dwn i'm,' meddai Glesni'n floesg, ond sylwodd Nel nad oedd ei mam yn fodlon edrych arni wrth ddweud hynny.

Cododd Nel ei llygaid i edrych o'i blaen a gwelodd rywun yn y pellter. Wrth graffu, sylwodd mai'r gohebydd bach prysur oedd yn dynesu atynt.

'Hei! 'Drychwch!' galwodd ar bawb arall, yn falch o gael cyfle i newid y pwnc.

Guto oedd yno, wedi clywed am y pysgod ac ar ei ffordd i chwilio amdanyn nhw. Roedd o ar fwy o frys nag erioed. Gofynnodd i'r criw, heb hyd yn oed eu cyfarch, a oedden nhw wedi gweld yr haig o bysgod yn yr afon, a dechreuodd Nel egluro'n fanwl sut gallai gyrraedd y man cywir.

'Dwi'n gwbod yn iawn i ble dwi'n mynd, diolch yn fawr,' meddai'n sarrug. 'A tasa'r lwmpyn ffotograffydd yma'n brysio mi fydda gen i ddigon o amser i weld y pysgod, ysgrifennu nodiadau, a chyrraedd 'nôl i'r ysbyty mewn pryd.'

'I'r ysbyty?' gofynnodd Deri'n chwilfrydig.

Edrychodd Guto'n ddifrifol am eiliad, a phwyllodd.

'Ia. Mae 'na gerddwr yno, wedi'i daro'n wael heddiw.

52

Mae'r si ar led mai wedi yfed dŵr o'r afon y mae o.'

Y tu ôl iddo, daeth gŵr boliog â chamera mawr yn ei freichiau i'r golwg, ac ar ôl gwaedd wyllt arno i ddweud wrtho am frysio, diflannodd Guto fel corwynt, yr un mor sydyn ag y cyrhaeddodd.

Pennod 11

Camodd Guto allan trwy ddrysau'r ysbyty. Roedd hi'n noson ysgafn o haf, yr haul yn dal i wenu ac awelon cynnes yn chwarae â'i wallt, ond sylwodd Guto ddim ar hynny.

Roedd o wedi cael siwrnai seithug, wedi gwastraffu oriau mewn ystafell aros yn yr ysbyty, ac wedi methu cael gair gyda'r cerddwr yn y diwedd. Gwrthodai pob doctor a phob nyrs ddatgelu dim, ond yn waeth na'r cwbl o safbwynt Guto, roedd yna ddau ohebydd arall yno. Daria nhw! Roedden nhw yno i ddwyn ei stori, a doedd o ddim yn hapus.

Agorodd ddrws ei gar rhydlyd, a'r gwres y tu mewn iddo'n ei daro wrth iddo eistedd tu ôl i'r llyw. Edrychodd ar gloc y car – chwarter wedi wyth yn barod, a doedd o ddim wedi dechrau ar erthygl heddiw eto. A ddylai ganolbwyntio ar y pysgod, neu ar stori'r cerddwr? A dweud y gwir, er gwaetha'r ddau ddatblygiad newydd yma, doedd ganddo fawr ddim ffeithiau cadarn i'w hadrodd – dim ond digon ar gyfer ychydig frawddegau ar y mwyaf!

Taniodd injan y car ac agor y ffenestri er mwyn cael gwared ar y gwres, ond doedd ganddo ddim syniad i ble i fynd nesaf. Pe bai'n mynd adref, byddai'n debygol o wneud dim, dim ond syllu ar sgrin ei gyfrifiadur. Gwyddai Guto mai stori'r cerddwr oedd yr un fwyaf diddorol, ond heb y ffeithiau oedd eu hangen arno i gefnogi'i sylwadau, fyddai Haf Lewis ddim yn hapus.

Penderfynodd yrru'n araf tuag at faes parcio'r Glyn; roedd yr afon i'w gweld yn glir oddi yno, ac efallai y byddai ychydig o awyr iach ar ôl bod yn eistedd yn stafell aros yr ysbyty yn ei ysbrydoli. Gwyddai fod amser yn brin, ond doedd fawr o ddiben iddo fynd tuag adref, ddim â'i feddwl mor wag.

Eisteddodd Guto'n llonydd, yn gwylio llif yr afon yn byrlymu o'i flaen, a gwyddai ym mêr ei esgyrn fod yna fwy i'r stori, a bod rhywbeth yn cysylltu'r cyfan, pe bai ond yn gwybod ble i edrych nesaf. O leiaf roedd ei wybodaeth a'i gysylltiadau lleol yn golygu ei fod yn llawer nes at y gwir na 'run o'i elynion o'r papurau eraill heno. Roedd o ddeuddydd ar y blaen i'r newyddiadurwyr eraill, mae'n siŵr, ond buan iawn y bydden nhw'n dal i fyny ag o.

Agorodd ddrws y car yn araf, a gwrando ar fwrlwm y dŵr dwfn. Tybed a oedd yna broblem gyda dŵr yr afon mewn gwirionedd, neu ai cyd-ddigwyddiad oedd achos y cerddwr yn cael ei daro'n sâl?

Roedd ar fin camu allan o'r car pan glywodd sŵn car arall yn agosáu ar y lôn y tu ôl iddo, ac roedd yn amlwg fod y car ar frys. Trodd mewn pryd i weld car arian yn gwibio heibio. Cafodd gip sydyn ar ddyn yn sedd y gyrrwr ond mewn hanner eiliad, doedd dim o'i ôl heblaw am fwg ysgafn a sŵn yr injan yn dal i yrru'n galed.

Ar amrantiad, a heb wybod yn iawn beth oedd o'n ei wneud na pham, aildaniodd Guto injan ei gar a gwasgu'i droed ar y sbardun. Roedd o am ddilyn y car arian.

Ceisiodd resymu ag o 'i hun, gan deimlo'i gar rhacslyd yn gwegian wrth i'w droed wasgu ar y pedal. Gwyddai y gallai hyn arwain at wastraffu amser pellach heno, ac y dylai fod wrthi'n ysgrifennu'i erthygl, ond roedd ei reddf ohebyddol yn ei yrru yn ei flaen, yn union fel yr oedd yntau'n gyrru'r car, yn galetach ac yn galetach nes ei bod yn rhy hwyr i droi'n ôl.

O'r diwedd, daeth rhimyn arian cefn y car i'r golwg yn y pellter. Ac wrth i galon Guto garlamu, gwyddai o'r gorau mai dyma'n union pam yr aeth i weithio fel gohebydd yn y lle cyntaf.

Pennod 12

Roedd trigolion bwthyn Gwernyfed wedi penderfynu chwarae gêm fwrdd allan yn yr ardd ar ôl swper. Byddai'n arferiad gan Nel a Huw i chwarae gêmau gyda'u rhieni gyda'r nos, ond wrth iddi estyn bocs llychlyd o waelod y cwpwrdd, sylweddolodd Nel fod amser maith ers i hynny ddigwydd ddiwethaf. Roedd ei thad yn gweithio'n hwyr yn gyson a'i mam yn ddiamynedd pan fyddai'n cyrraedd adre.

Llamodd ei meddwl yn ôl i eiriau ei mam y prynhawn hwnnw: 'Mae petha' wedi bod yn fregus ers blynyddoedd.' Sylweddolodd Nel fod ei mam yn iawn; roedd hwyl erstalwm wedi diflannu heb iddi sylwi ar hynny.

Daeth bloedd gan Huw i darfu ar ei meddyliau. 'Dewch, brysiwch! Dewch *rŵan*! Ma' hanes y cerddwr ar y newyddion ...'

Yn y lolfa, trowyd sain y teledu mor uchel â phosib, a gwrandawodd pawb yn astud. Wedi'i ddarganfod ar gyrion tref Glyn Tirion yr oedd y cerddwr. Yn ôl llygad dyst, roedd o'n crynu, fel rhywun yn cael ffit. Aeth y gohebydd yn ei blaen i ddweud fod ei gyflwr bellach yn sefydlog, ond yn ddifrifol, ac mai'r gred yn lleol oedd mai wedi bod yn cerdded glannau afon Tirion yr oedd o. Yna, dangoswyd cip sydyn o'r afon, cyn dychwelyd at wyneb difrifol y gohebydd, yn sefyll o flaen yr ysbyty.

'Mae'r ysbyty'n gwrthod gwneud unrhyw ddatganiad

manwl am gyflwr y cerddwr, ond mae 'na ofid yn lleol fod hyn yn ymwneud ag adroddiadau o salwch a marwolaeth ymysg anifeiliaid fferm yn yr ardal, fferm sydd â'i thir yn ffinio â'r afon. Am y tro, mae'r heddlu'n gwrthod cadarnhau fod yna unrhyw gysylltiad rhwng hynny a'r achos diweddaraf yma, a doedd neb ar gael o adran amgylchedd y Cyngor Sir i ateb ymholiadau heno. Mai Angharad, Ysbyty'r Glyn, Glyn Tirion.'

'Dwi'n ame bod yr heddlu, a phawb arall yn yr ardal, yn gwbod bod 'na gysylltiad rhwng y pethe yma erbyn hyn,' meddai Eira'n uchel, ac yn sydyn roedd y lolfa'n un bwrlwm o gwestiynau. Pam na fyddai'r awdurdodau'n datgan yn glir fod yr afon yn beryglus a rhybuddio pobl i gadw draw? Pam na fydden nhw'n cyhoeddi beth yn union oedd wedi achosi marwolaeth defaid Jac – siawns nad oedd rhywun yn rhywle yn gwybod yr ateb i hynny erbyn hyn?

Sylwodd Glesni fod ei mab yn eistedd yn dawel yn y gongl, a golwg bell arno.

'Ti'n iawn, Huw?' gofynnodd, ond cyn iddi orffen ei chwestiwn roedd Huw fel pe bai wedi deffro drwyddo. Neidiodd ar ei draed gan weiddi 'Wynford Wilbert! Wynford Wilbert!'

'Be?' gofynnodd Nel. Doedd hi na neb arall o'r criw yn deall.

'O'n i'n gwbod 'mod i'n nabod 'i wyneb o o rywle!' ebychodd Huw. 'Fo oedd o! Fo oedd yn cerdded trwy Goed Carped prynhawn yma!'

'Pwy ar wyneb daear ydi Wynford Wilbert?' holodd Eira.

'Y dyn yn yr erthygl, Nel! Ei lun o welson ni yn y llyfrgell bore 'ma. Dwi'n reit siŵr …'

'Ond be sy gan hynny i' neud hefo …' dechreuodd Nel yn araf.

'Roedd o'n arfer rhedeg ffatri yn Churcheston, ond rŵan mae o'n cerdded glannau afon Tirion …' atebodd Huw.

'Beth oedd yr erthygl yn ei 'weud amdano fe, 'te?' holodd Deri. 'A pham na wedsoch chi wrtha i?'

'Doedd o'n ddim byd pwysig, Deri,' meddai Nel. 'Dim ond deud ei fod o wedi gwerthu'i ffatri yn Churcheston …' arafodd wrth i'r darnau ddisgyn i'w lle. 'Rywbryd yn ystod yr wythnos ar ôl i wartheg yr ardal fynd yn sâl …'

'Ond be ar wyneb daear y mae dyn fel fo yn ei neud rownd ffor' hyn?' gofynnodd Eira.

'Dydw i rioed wedi gweld Wynford Wilbert o'r blaen,' meddai Glesni. 'Dyna pam na wnes i ei nabod o heddiw, ond dwi'n gwbod yn iawn mai dyna ydi enw'r dyn sy'n rhedeg y ffatri leol yn Glyn Tirion. Dwi wedi clywed Alwyn yn siarad amdano …'

'Y ffatri degane ddangosest ti i ni heddi, Huw?' holodd Deri.

'Nid teganau ydyn nhw'n union … petha i roi mewn parc neu ardd ydyn nhw: siglenni, sleids, y math yna o beth,' eglurodd Glesni wedyn.

'Choelia i ddim fod 'na wenwyn yn rheiny,' meddai Huw.

'Ddim i *fod*, ma' siŵr,' meddai Glesni'n bwyllog.

'Felly sut ydan ni am gael gwbod hynny i sicrwydd?' holodd Eira.

'Mi allen ni ffonio Alwyn yn y bore, debyg … a gofyn iddo yrru un o'i swyddogion iechyd a diogelwch draw yno i wneud ymholiadau,' atebodd Glesni'n araf. 'Ond dwi ddim yn siŵr a ydi hynny'n syniad da chwaith. Ddylian ni ddim rhuthro i roi'r bai ar rywun heb fod yn gwbl sicr o'n ffeithiau …'

'Ond fe fyddai Dad eisiau gwybod, yn byddai Mam?' dywedodd Nel. Roedd hi'n cofio bod ei thad yn un o'r rhai oedd wedi brwydro i gadw'r ffatri ar agor yn y gorffennol, er mwyn sicrhau swyddi i bobl Glyn Tirion.

'Bydde, falle …' atebodd Glesni, ond roedd ei meddwl hi'n amlwg ymhell wrth iddi sefyll yng nghanol y lolfa yn cnoi'i hewinedd.

Sylwodd Huw ar ei fam yn troi i edrych ar Eira. Roedd golwg freuddwydiol arni.

'Mam?' dechreuodd Huw, ond torrodd Eira ar ei draws.

'Ti ffansi mynd am dro bach sydyn, Gles?'

'O, dwn i'm ydi hynna'n syniad da …'

'O, *go on*, Gles, ty'd 'laen! Neith o'm drwg i neb!'

'Ti'n siŵr?' holodd Glesni.

'Ydw, wrth gwrs. Ma' Deri a fi'n gneud pethe fel hyn drwy'r amser!' chwarddodd Eira.

'Reit … a' i i nôl y goriada 'ta – cyn i mi newid fy meddwl!' meddai Glesni'n frysiog, cyn troi ar ei sawdl a diflannu o'r stafell.

'Be sy'n digwydd?' gofynnodd Nel.

'Gwisgwch eich sgidie, hogia!' chwarddodd Eira. 'Rydan ni'n mynd am dro bach i'r ffatri … jyst i gael gweld be welwn ni!'

Pennod 13

Gyrrodd Guto ei gar i mewn i faes parcio eang lle roedd hanner dwsin o geir drud wedi'u parcio'n daclus, a'r Audi arian y bu'n ei ddilyn yn eu plith. Craffodd ar y car. Doedd dim golwg o'r gyrrwr ynddo bellach, ond teimlai Guto'n llawer rhy amlwg yn y maes parcio agored. Bagiodd y car allan o'r fynedfa'n araf, a gyrru yn ei flaen ar hyd y lôn nes dod at gilfan. Parciodd, cloi'r car a dechrau cerdded yn ôl i gyfeiriad y ffatri.

Cyn hir, daeth at fwlch yn y clawdd, ac ar ôl gwthio heibio i'r mieri yn yr agoriad, cafodd le perffaith i guddio. Roedd yn anweledig o'r lôn, ac yng nghysgod y dail a'r coed, ni fyddai'n hawdd i neb sylwi arno o'r ffatri chwaith.

Eisteddodd i wylio. Trwy'r ffens uchel, gallai weld drws y ffatri a'r maes parcio, ac roedd popeth yn dawel a llonydd. Gwyddai ei fod yn gwneud peth afresymol ond roedd rhywbeth am y car arian wedi ennyn ei chwilfrydedd. Anaml iawn y byddai ceir felly yn rasio ar hyd lonydd gwledig Glyn Tirion, a pham fod y casgliad bach yma o geir ym maes parcio'r ffatri yr adeg yma o'r nos? Siawns na fyddai'r ffatri'n wag ers rhai oriau fel arfer. Er gwaethaf ei chwilfrydedd, roedd yna ran arall ohono'n meddwl ei fod o'n ffŵl – dylai fod adre, yn sgwennu fel dyn gwyllt gan fod ganddo erthygl i'w chyflwyno ar gyfer papur bore fory.

Gyrrai Glesni'n ofalus, er bod ei meddwl ar wib. Roedd bod yng nghwmni Eira bob amser wedi sbarduno'r ochr fentrus ohoni. Teimlai'n bellach oddi wrth Alwyn nag erioed, ac eto byddai'n dda ganddi drafod yr holl helynt gyda'i gŵr. Fe ddylai fod wedi rhoi caniad iddo heddiw fel yr addawodd, meddyliodd, ond rhwng popeth chafodd hi ddim amser … a waeth iddi gyfaddef ddim, doedd ganddi mo'r awydd i ffonio chwaith.

Roedd y plant yng nghefn y car yn siarad bymtheg i'r dwsin ac yn llawn cynnwrf, ac Eira'n ceisio'u rhybuddio i beidio â chynhyrfu, bod posibilrwydd cryf na fyddai dim oll i'w weld yn y ffatri heno.

'Am be yn union ydan ni'n chwilio?' holodd Nel.

'Wel – tydan ni ddim yn chwilio am ddim byd yn benodol. Mynd yno i gymryd golwg ydan ni, cofiwch, i weld a oes sôn fod rhywbeth anarferol yn mynd ymlaen yno, os oes yna unrhyw beth o gwbl yno fedr helpu i egluro pam fod Wynford Wilbert yn cerdded ar hyd yr afon heddiw … Mae'n beth od i berchennog ffatri fod yn ei neud ganol pnawn, yn tydi? Ar yr union ddiwrnod pan mae'r cerddwr yn cael ei daro'n wael – mae 'na gysylltiad, dwi'n siŵr, ond wn i ddim a welwn ni rwbath o ddefnydd, chwaith.'

''Dan ni'n siŵr o weld rwbath, ma' gin i deimlad,' meddai Huw yn ddwys, a throi at Deri am gefnogaeth.

''Wy'n credu dy fod ti'n iawn, Huw,' meddai Deri, ac roedd Huw wrth ei fodd yn cael cefnogaeth y bachgen hŷn.

Wrth iddyn nhw gyrraedd y troad i'r ffatri, arafodd Glesni'r car.

'I ble wyt ti isio i mi fynd? Rownd i'r cefn neu drwy'r giât ffrynt?' gofynnodd.

'I rwla lle gallwn ni weld yr adeilad yn iawn cyn i'r adeilad ein gweld ni, yndê!' meddai Eira, gan sibrwd yn uchel i ddynwared Glesni.

Gyrrodd Glesni yn ei blaen, heibio i'r fynedfa, ond yna, heb rybudd, trodd y car i mewn i gilfan annisgwyl.

'Fan'ma 'di'r lle,' meddai, a direidi yn ei llais.

'Sut oeddet ti'n gwybod am y lle parcio 'ma, Mam?' holodd Nel. 'Dwyt ti prin yn ei weld o o'r lôn …'

'O'n inna'n ifanc unwaith, 'sti!' atebodd Glesni, yn piffian chwerthin a wincio ar Eira. Roedd car arall yno, car rhydlyd, blêr, ond doedd dim golwg o neb.

'Car Guto ydi o,' meddai'r tri yn y sedd gefn fel côr, ac yna eglurodd Deri mai Guto oedd y gohebydd yr oedden nhw wedi dod ar ei draws. Ddywedodd Eira ddim byd, ond teimlai'n siomedig fod yna ohebydd ar yr un trywydd â nhw.

'Beth wnawn ni rŵan?' gofynnodd Glesni, a'i llais yn llawn cyffro.

'Bydd raid i bawb fod yn ofalus,' siarsiodd Eira. 'A dim ond i ni beidio â chreu difrod na thresmasu, fedr neb gwyno amdanon ni …'

Roedd pawb yn dawel yn y car am rai eiliadau, a neb yn siŵr a ddylen nhw symud ai peidio.

'Ella dylien ni fod wedi aros adre a chwarae gêm fwrdd …' meddai Glesni, gan edrych yn boenus ar Eira.

'Paid â bod mor hurt!' meddai Eira. 'Ma' Deri a fi'n gneud hyn ers pan oedd o'n ei glytie. Iawn 'ta, dewch yn eich blaen!'

''Rhoswch funud!' meddai Glesni eto, a rhoddodd y lleill ochenaid wrth ddisgwyl protest arall ganddi. 'Pawb i fod yn hollol dawel rŵan, iawn? Tydan ni ddim yn gwbod pwy na be sy lawr yna, nacdan? Pwyll pia hi!'

Sobrodd y grŵp cyn dod allan o'r car a dechrau symud yn dawel, gan ddilyn y cloddiau yn ôl i gyfeiriad y ffatri.

Roedd Guto wedi syrffedu braidd. Bu'n gwylio'r ffatri ers hanner awr cyfan, ond doedd dim oll wedi digwydd. Roedd wedi syllu a syllu ar y brif fynedfa, yn dyheu y byddai rhywun yn dod i agor y drws, ond doedd yna neb wedi gwneud hynny hyd yma. Difyrrodd ei hun yn ceisio dyfalu pa gar y gallai'i brynu pe bai'n cael swydd barhaol gyda'r papur, a bu'n astudio pob un o'r ceir drudfawr yn y maes parcio, yn dychmygu'i hun y tu ôl i'r llyw. Yn sydyn, clywodd sŵn brigyn yn torri y tu ôl iddo, a gwyddai fod rhywun arall yno. Daria! Mae'n rhaid fod swyddog diogelwch o'r ffatri wedi sylwi arno …

'Bw!' hisiodd rhywun i'r dde iddo. Syllodd Guto trwy'r gwyll a synnu wrth weld yr ieuengaf o'r plant fu'n ei ddilyn dros y dyddiau diwethaf.

'Be ddiawl wyt ti'n neud yma? Bron i fi gael trawiad!' meddai Guto.

''Dan ni yma am yr un rheswm â chi, debyg iawn,' atebodd llais Nel wrth i hithau a Deri ymddangos tu ôl i Huw.

Edmygai Guto fenter y plant, roedden nhw'n ei atgoffa ohono'i hun ers talwm – byth adref, ac allan ar drywydd rhyw antur neu helynt byth a beunydd.

'Be fasa'ch rhieni chi'n ddeud tasen nhw'n gwybod eich bod chi'n fan hyn?' holodd Guto.

'Allwch chi ofyn iddyn nhw nawr!' meddai Deri, yn ei wawdio fymryn. 'Ma'r ddwy jest tu ôl i ni …'

'Beth?'

'Shhhh!' torrodd Nel ar ei draws, a phwyntio at ddrws bach glas wrth y brif fynedfa i'r ffatri.

Roedd dyn a dynes wedi ymddangos yno, yn sgwrsio'n ddwys, ac roedd y ddynes wedi'i gwisgo'n drwsiadus iawn.

'Hi oedd yn Coed Carped prynhawn yma,' sibrydodd Huw.

'Shwt allet ti fod mor siŵr?' gofynnodd Deri.

'Hi ydi hi. Yn bendant.' Trodd Huw at Guto, a sylwi ei fod yn edrych fel petai wedi gweld ysbryd.

'Be sy'n bod?' gofynnodd iddo,

'Dim. Dduda' i wedyn. Oes rhywun yn gallu clywed be maen nhw'n ddeud?'

'Rhywbeth am werthu!' meddai llais unigryw Eira tu ôl iddyn nhw.

'Nefoedd!' bytheiriodd Guto wrth sylwi fod yna fwy fyth o bobl wedi ymuno ag o. 'Ma' hi fel blydi syrcas yma!'

Trodd Nel i edrych ar Eira a gweld ei bod hi'n syllu i gyfeiriad y drws trwy sbienddrych bach.

'Ond sut gwyddoch chi hynny?' holodd Nel, yn methu'n glir â deall sut oedd Eira wedi clywed, a hithau'r un mor bell oddi wrth y drws glas â phawb arall.

'Ma' Mam yn galler darllen gwefuse,' meddai Deri, a balchder yn ei lais. 'Ma' hynny wedi bod yn ddefnyddiol iawn ar brotestiadau yn y gorffennol!'

'Plîs! Byddwch dawel, bawb! Canolbwyntiwch ...' mynnodd Guto. Gallai deimlo'i stori'n llithro o'i afael ers i'r criw yma gyrraedd ychydig funudau yn ôl. 'Ydych chi'n gallu gweld mwy?' holodd eto, gan gyfeirio'i gwestiwn at Eira y tro hwn. 'Beth maen nhw'n sôn am ei werthu? Mae'n bwysig … Gwerthu be?' gofynnodd eto.

'Fedra i ddim deud,' atebodd Eira. 'Mae'r ddynes wedi troi'i phen oddi wrtha i …' atebodd Eira.

'Daria!' bytheiriodd Guto. 'Daliwch i'w gwylio hi i mi, newch chi ?'

'Be sy'n bod?' holodd Nel.

'Be sy'n bod ydi mai'r ddynas yna'n fan'na ydi Haf Lewis. Hi ydi golygydd y papur! A hi ydi fy mòs i!'

Allai Guto ddim deall y peth o gwbl. Roedd Haf Lewis wedi'i yrru ar drywydd stori yr oedd hi'n amlwg yn gwybod mwy amdani na fo. Dechreuodd mwy o bobl ymddangos trwy'r drws glas – y rhan fwyaf ohonyn nhw'n ddynion canol oed.

Syllodd y plant i gyfeiriad y maes parcio eto. Roedd eu llygaid wedi'u hoelio ar un dyn yn arbennig, ac ar Haf Lewis wrth iddi gerdded i gyfeiriad y car mawr arian yng nghwmni'r dyn hwnnw.

'Guto – ydych chi'n gwybod pam mae eich bós chi yn mynd i mewn i gar Dad?' holodd Nel o'r diwedd. Ond chafodd hi ddim ateb. Y cyfan a wnaeth pob un o'r criw yn y guddfan oedd gwylio'n dawel wrth i Alwyn yrru'r Audi arian oddi yno, a Haf Lewis wrth ei ochr.

Pennod 14

Dim ond wedi i'r holl geir ddiflannu o faes parcio'r ffatri, a char Wynford Wilbert yn eu plith, y mentrodd y criw yn y gwrych symud. Cytunodd Guto y byddai'n eu dilyn yn ôl i fwthyn Gwernyfed. Er nad oedd o'n awyddus i dreulio amser yng nghwmni dwy ddynes ecsentrig a'u plant, roedd o'n hynod o awyddus i geisio asesu faint oedd y criw yma'n ei wybod. Erbyn hyn, roedd ganddo baned o goffi poeth o'i flaen ac roedd yn eistedd yn lletchwith rhwng Huw a Nel, a llygaid dwys Deri'n ei wylio fel barcud.

Doedd dim amheuaeth gan yr un ohonyn nhw mai cyfarfod i drafod afon Tirion a'r gwenwyno oedd wedi'i gynnal yn y ffatri heno, a Guto awgrymodd mai cyfarfod brys ydoedd, a hithau mor hwyr.

'Dwi'n siŵr dy fod ti'n iawn,' meddai Glesni. 'Anaml iawn fyddai'n rhaid i Alwyn fynd i gyfarfod gyda'r nos, oni bai fod yna argyfwng yn codi.'

'Be ydi cysylltiad Alwyn hefo'r ffatri?' holodd Guto. 'Oes ganddo gysylltiad arall gyda'r lle, heblaw trwy'r gwaith?' Ceisiodd swnio'n ysgafn, ond roedd hi'n amlwg i bawb ei fod ar drywydd stori.

Dewisodd Glesni ei geiriau'n ofalus cyn ateb.

'Dim ond cysylltiad proffesiynol sydd gan Alwyn â'r ffatri. Does yna ddim un rheswm arall iddo fod mewn cyfarfod yno heno,' meddai'n gadarn ac amddiffynnol.

Roedd hi'n amlwg i Guto'n syth nad oedd yn mynd i gael unrhyw wybodaeth bellach ganddi am Alwyn, hyd yn oed os oedd yna ragor i'w ddatgelu.

Rhoddodd Nel ochenaid fawr hir, fel pe bai'n wfftio at ei mam, a throdd Glesni ati'n sydyn. 'Wyt ti isio deud rwbath, Nel?' gofynnodd yn bigog.

'Mae'n amlwg, tydi,' atebodd Nel yn flin. 'Mae Dad yn rhan o'r holl beth … o wenwyno'r afon. Pam arall fasa fo yn y ffatri hefo Wynford Wilbert heno?'

Daeth tawelwch dros yr ystafell. Roedd llygaid Glesni wedi'u hoelio ar ei merch, tra syllai pawb arall ar y llawr neu ar y bwrdd o'u blaenau mewn cywilydd. Guto oedd yr unig un oedd yn teimlo fod y tensiwn rhwng y ddwy yn ddiddorol – roedd yna rywbeth yma, meddyliodd, rhywbeth nad oedden nhw'n ei ddweud wrtho, ac ysai am gael sgriblo rhai sylwadau ar bapur.

'Rhag dy gywilydd di, Nel,' ffrwydrodd Glesni. 'Mae dy dad wedi brwydro dros gyfiawnder ar hyd ei oes, yn arbennig dros y gymuned leol a'i phobl …'

Cododd Nel oddi wrth y bwrdd a gadael y gegin yn dawel, ond roedd pawb yn y gegin wedi sylwi ar y dagrau yn ei llygaid.

'Well i chi hogie fynd am y gwely rŵan hefyd,' meddai Eira. Ac er bod Huw a Deri'n deall ei bod yn ceisio cael gwared ohonyn nhw, doedd dim cymaint o ots erbyn hyn. Roedd hi'n hwyr, a'r ddau ohonyn nhw wedi blino'n lân.

Wrth anelu am y llofft, daeth y ddau fachgen wyneb yn wyneb â Nel, oedd yn un swp dagreuol ar waelod y grisiau.

'Nel,' meddai Huw, heb wybod beth arall i'w ddweud. Cododd hithau ei hwyneb gwlyb o'i dwylo, ac edrych ar ei brawd bach,

'Wyt ti'm yn teimlo'n flin efo fo, Huw?'

'Efo pwy? Efo Dad?'

'Ia. Am ddiflannu heb ddeud dim, am beidio ffonio ar ôl deud y basa fo … ac am …,' methodd orffen ei brawddeg, a chipiwyd ei hanadl yn sydyn. Triodd eto, 'ac am fod yn well ganddo fo dreulio amsar hefo dynas arall ac efo dyn drwg fel Wynford Wilbert na bod adra hefo'i wraig a'i blant.'

''Dan ni'm yn gwbod pam oedd o yno eto, Nel,' meddai Huw yn amddiffynnol. 'Pam wyt ti mor barod i feddwl yn ddrwg ohono fo?'

'Am 'mod i'n iawn,' atebodd Nel.

Edrychodd y brawd a'r chwaer i fyw llygaid ei gilydd am ennyd, ond cyn i'r un o'r ddau gael cyfle i ddweud dim byd pellach, torrodd Deri ar draws eu sgwrs.

'Shhhh!' sibrydodd hwnnw. Roedd o'n ceisio clustfeinio ar y sgwrs yn y gegin. Nesaodd Deri at ddrws y gegin, a rhoi'i glust yn ei erbyn, gan amneidio ar y ddau arall i ymuno ag o.

'Dwi'm yn meddwl llawer o'r boi, ond tydi hynny ddim yn golygu 'mod i isio gweld ei enw fo'n fwd, felly paid ti â meddwl printio'i enw fo, nac awgrymu unrhyw gyhuddiade yn 'i erbyn o, ti'n dallt?' Roedd tinc bygythiol yn llais Eira.

Edrychodd y plant ar ei gilydd; roedd hi'n amlwg mai Alwyn oedd testun y sgwrs yn y gegin o hyd.

'Faswn i ddim yn breuddwydio gwneud hynny,' atebodd Guto. 'A beth bynnag, roedd fy mòs i yna hefo fo hefyd, cofiwch! Tydi hi ddim yn debygol o adael i mi sgwennu erthygl sy'n parдduo ei henw hi, nac ydi hi?' Roedd Guto'n swnio yn nerfus iawn erbyn hyn. 'Dach chi'm yn meddwl

69

'mod i mor wirion â dechra cyhuddo Golygydd y papur newydd *yn* y papur newydd!'

'A beth wyt ti'n feddwl ydi cysylltiad Haf Lewis â'r holl beth?' gofynnodd Glesni.

'Does gen i'm syniad,' meddai Guto, 'ond mi ga' i wybod rywsut … Dwi'n benderfynol o ddod i wybod – un ffordd neu'r llall! Reit, well i mi'i throi hi, mae gen i erthygl i'w sgwennu.'

Sgrialodd y tri clustfeiniwr i fyny'r grisiau ar ras.

'Ta-ta, wela i chi cyn bo hir, blant!' galwodd Guto wrth iddo ddod allan o'r gegin a mynd tuag at y drws.

Ychydig yn ddiweddarach, cripiodd Huw yn ei ôl i lawr y grisiau ac i'r gegin at ei fam.

'Be sy'n bod, Huw bach?' gofynnodd Glesni wrth iddi weld llygaid mawr gloyw ei mab yn syllu'n ddwys arni.

Roedd geiriau brathog Nel wedi dychryn Huw; roedd hi mor sicr fod Alwyn ar fai rywsut. Meddyliodd Huw am y ffigwr hwnnw a welodd ym maes parcio'r ffatri'n gynharach y noson honno.

'Gwneud rwbath da oedd Dad yn y ffatri heno, yndê Mam?' gofynnodd yn daer.

'Ia, siŵr o fod, os ydw i'n nabod Dad,' atebodd Glesni'n dyner. 'Mi ddaw'r cwbwl yn glir, 'sti, gei di weld.' Rhoddodd ei llaw ar ben ei mab a mwytho'i wallt, cyn rhoi cusan feddal ar ei dalcen. 'Dos rŵan cariad, dos i dy wely a paid â phoeni …'

Gwenodd Huw arni, dymuno nos da, a chychwyn yn ôl am ei wely.

Wedi ennyd o ddistawrwydd, cododd Eira'i phen o'r

papur newydd roedd hi'n ei ddarllen. 'A be wyt ti'n feddwl go iawn?' gofynnodd, a'i llais yn oer.

'Eira, ar y funud yma fydda' dim byd yn fy synnu i. Dwi'm yn teimlo 'mod i'n nabod Alwyn o gwbl erbyn hyn,' atebodd Glesni'n gadarn. Ond doedd ei llygaid ddim yn edrych ar Eira, roedden nhw'n syllu'n drist ar y llawr.

Ond wyddai'r clustfeiniwr ar y ris uchaf mo hynny. Wyddai honno ddim byd, dim ond nad oedd ei mam yn ymddiried yn ei thad mwyach, a'i bod hithau, wedi'r cyfan, yn iawn.

Pennod 15

Y bore canlynol, roedd pawb wrthi'n bwyta brecwast yng nghegin Gwernyfed pan ganodd cloch y drws ffrynt. Safai Guto yno, gyda chopi o'r *Mail* yn ei law. Estynnodd am damaid o dôst a dechrau adrodd hanes y bore hyd yma. Yr oedd wedi mynd i'r swyddfa'n gynnar ac wedi cael ymateb penigamp i'w erthygl ddiweddaraf gan Haf Lewis, yn ogystal ag anogaeth i fynd yn ei flaen â'r stori.

'"Chwilia am gymaint o ffeithiau ag y medri di, o bob ongl," – dyna ddudodd hi, ond os ydi hi'n rhan o'r peth, pam ar wyneb daear fydda hi isio i mi ddatgelu'r gwir?'

Doedd yr un o'r lleill yn deall hynny chwaith. A dweud y gwir, roedd pawb yn cytuno fod yna nifer fawr o bethau nad oedden nhw'n eu deall.

'Mae 'na rwbath ar droed ac ma' hi'n amlwg isio i mi wbod, dwi'n reit siŵr o hynny,' meddai Guto'n ddifrifol, a'i lygaid yn rasio o un i'r llall.

'Fedrwn ni neud rwbath i helpu?' gofynnodd Huw. 'Rydan ni'n reit dda efo gwaith ditectif erbyn hyn!' chwarddodd.

'Wel, rhyfedd i ti ofyn – dyna'n union pam 'dw i yma!' meddai Guto, gan ychwanegu fod chwe phen yn well o lawer nag un. 'Gewch chi ddechrau trwy ddeud wrtha i be oeddech chi'ch tri yn ei neud yn y llyfrgell ddoe. Oedd yna unrhyw beth o werth yno, unrhyw beth y dylwn i ystyried ymchwilio ymhellach iddo?'

Dechreuodd Deri egluro'n frysiog am ei ymchwil ar arsenic, am yr achos tebyg yn Churcheston ac am ymdrechion y tri i gael gafael ar fapiau er mwyn cymharu'r ddwy ardal. 'Ond y peth pwysicaf yno oedd erthygl papur newydd. Nel a Huw welodd hi. Dyna shwt ry'n ni'n gwbod nawr taw Wynford Wilbert yw'r cysylltiad rhwng y ddwy ardal.'

Roedd Guto wrthi'n sgriblo'n wyllt yn ei lyfr nodiadau tra oedd Deri'n siarad. Wedi i'r bachgen orffen, oedodd Guto am eiliad, gan ystyried yr holl onglau newydd ar gyfer ei stori.

'Rhaid i ni ddechrau gyda ffeithiau, ac nid damcaniaethau,' meddai'n bwyllog. 'Falle y byddai'n ddefnyddiol i chi blant fynd 'nôl i'r llyfrgell. Dewch â chopïau o'r erthyglau yna i mi ac edrychwch ar y mapiau yna, gwnewch nodyn o unrhyw debygrwydd rhwng y ddwy ardal, a chwiliwch am unrhyw beth arall o ddefnydd. Fe a' i 'nôl i'r swyddfa rŵan a threfnu i gael sgwrs gyda rhywun o'r papur newydd yn Churcheston prynhawn yma. Falle byddan nhw'n cofio'r achos yno. Ac mae gen i apwyntiad gyda'r Cyngor ganol bore, i gael gweld a ga 'i unrhyw ffeithiau cadarn ganddyn nhw am y defaid a'r dŵr.'

'A byddai'n syniad da i rywun drio cael gwybod beth oedd yn mynd ymlaen yn y ffatri neithiwr,' meddai Eira. 'Fe alla' i drio gwneud hynny. Gyda phob parch, Guto, does yna neb yn mynd i ddeud dim byd wrth ohebydd busneslyd, nag oes? Ond falle y byddan nhw'n llai gwyliadwrus wrth sgwrsio hefo "mam leol".'

'Ddo i hefo ti, Eira, tra bydd y plant yn y llyfrgell. Fyddwn ni'n dwy yn ôl mewn hen ddigon o bryd i wneud cinio iddyn nhw,' meddai Glesni'n gadarn.

'Be am i ni i gyd gyfarfod yn ôl yn fan hyn tua un o'r gloch?' awgrymodd Guto, a chytunodd pawb ar hynny.

Yn y llyfrgell, aeth Deri i astudio'r mapiau oedd wedi cyrraedd y bore hwnnw tra oedd Nel a Huw yn trefnu copïau o'r erthyglau am Churcheston ac yn ymchwilio ymhellach ar y cyfrifiadur erthyglau.

Ar ôl dim ond hanner awr, gallai Deri weld fod yna debygrwydd daearyddol cryf rhwng Churcheston a Glyn Tirion. Roedd afon yn nodwedd o'r ddwy ardal, ac ar fap Churcheston roedd yn amlwg fod yr afon yn llifo yno o'r dref ddiwydiannol gyfagos – y dref lle bu Wynford Wilbert yn rhedeg ei ffatri.

Aeth Deri i ymuno â Nel a Huw, ond gwelodd wynebau syn wrth iddo gyrraedd.

'Be sy'n bod arnoch chi'ch dou? 'So chi 'di cwympo mas eto odych chi?' holodd yn chwareus, ond chafodd o ddim ateb.

Edrychodd Deri ar y dudalen yr oedden nhw'n ei hastudio, a'r tro hwn doedd dim amheuaeth eu bod wedi darganfod rhywbeth o bwys. Erthygl rai blynyddoedd ynghynt oedd hi, o'r *Mail*, yn adrodd hanes ffatri Glyn Tirion yn cael ei hachub gan ŵr busnes o Loegr, ac fel roedden nhw'n ei ddisgwyl, bron, Wynford Wilbert oedd enw'r gŵr hwnnw. Ond wrth sgrolio ymhellach i lawr y dudalen, a dod o hyd i lun i gyd-fynd â'r erthygl, gallai Deri weld pam oedd y ddau wedi cael sioc. Yn y llun safai Alwyn Dafydd, swyddog yn adran datblygu economaidd y Cyngor bryd hynny, yn ysgwyd llaw â Wynford Wilbert. Ac roedd tad Nel a Huw yn wên o glust i glust.

Llwyddodd Nel i ddweud rhywbeth o'r diwedd.

'O'n i'n iawn,' meddai, 'mae 'na gysylltiad rhwng Dad a Wynford Wilbert ers blynyddoedd.'

Craffodd Deri ar yr erthygl eto, gan ddweud nad oedd hyn yn profi unrhyw beth; dim ond fel rhan o'i swydd yr oedd Alwyn yno. 'Chi'ch dau yn mynd o flân gofid,' meddai, ond ni allai guddio'r tinc o amheuaeth yn ei lais chwaith.

Edrychodd Nel yn ôl ar Huw, a dweud yn ofalus, 'Roedd Dad yn rhan o'r holl beth, o ddenu Wynford Wilbert yma i Glyn Tirion yn y lle cynta.'

Ddywedodd Huw ddim byd. Roedd yna gyfrinachau o'r gorffennol yn dod i'r fei oedd yn gwneud iddo deimlo'n gymysglyd iawn. Wythnos yn ôl, roedd ei dad yn arwr iddo ond roedd popeth wedi newid o fewn ychydig ddyddiau. Edrychodd yn ôl ar y llun ar y sgrin, gan feddwl am y dyn hwnnw groesodd faes parcio'r ffatri i'w gar y noson cynt. Roedd yn *edrych* fel ei dad, oedd, yn ddigon siŵr, ond nid hwnnw oedd y dyn yr oedd Huw yn ei nabod rywsut.

Mae'n rhaid fod Nel wedi darllen ei feddwl.

'"Dwi'm yn teimlo 'mod i'n nabod Alwyn erbyn hyn", dyna ddudodd Mam neithiwr,' meddai Nel. 'A ti'n gwbod be, Huw? Dwi'n deall be ma' hi'n feddwl ...'

Doedd dim pwynt ceisio amddiffyn ei dad bellach, meddyliodd Huw; Nel oedd yn iawn. Roedd hi wedi bod yn iawn amdano ar hyd yr amser.

Yn y Cyngor, roedd Guto wedi cyrraedd ar gyfer ei sgwrs gyda Phennaeth Adran yr Amgylchedd, Alwyn Dafydd, ac yn aros yn eiddgar amdano yn y dderbynfa. Roedd ei feddwl yn rasio wrth iddo ystyried pa gwestiynau deifiol y byddai'n eu gofyn iddo, ond byddai'n rhaid iddo hefyd wneud yn siŵr na fyddai'r cwestiynau yn ei wylltio. Roedd pob newyddiadurwr da yn gwybod na fyddai neb yn datgelu dim os oedden nhw'n wyliadwrus.

Roedd Guto eisoes wedi llwyddo i gael chydig o wybodaeth gan ysgrifenyddes yr adran. Trwy ymddangos yn cŵl a sgwrsio'n gyfeillgar roedd o wedi cael atebion pwysig. Cafodd ar ddeall ganddi i'r Cyngor fod yn awyddus iawn i groesawu Wynford Wilbert i'r ardal rai blynyddoedd yn ôl, ac y byddai'r ffatri leol yn siŵr o fod wedi cau oni bai am arian Wilbert. Roedd y ffatri'n cyflogi bron i chwarter poblogaeth y dref, a doedd dim amheuaeth y byddai'r golled yn cael effaith aruthrol ar ardal fel Glyn Tirion.

Cofiodd Guto fod Glesni wedi sôn pa mor bwysig oedd y gymuned a'i phobl i'w gŵr – a oedd Alwyn Dafydd yn fodlon troi llygad ddall i bethau fel difrodi'r amgylchedd er mwyn cadw swyddi lleol, tybed?

'Guto Llywelyn?' Torrwyd ar draws ei feddyliau gan lais awdurdodol. Roedd gŵr mewn siwt dywyll a chrys a thei yn sefyll o'i flaen. Teimlai Guto'n nerfus wrth iddo syllu ar Alwyn. Roedd yr amser wedi dod i gael atebion.

Mewn derbynfa arall yng Nglyn Tirion, eisteddai Glesni ac Eira. Roedden nhw yno ers dwyawr. Ar ôl cyrraedd y ffatri y bore hwnnw, roedden nhw wedi gofyn a fyddai modd cael gair â Wynford Wilbert ynghylch 'mater preifat'. Doedd Eira ddim eisiau datgelu dim ymlaen llaw, rhag ofn i Wynford Wilbert wrthod eu gweld.

Erbyn hyn, roedd y ddwy wedi darllen y papur newydd,

wedi cwblhau'r croesair a'r holl bosau eraill oedd ynddo, ac roedd haul tanbaid canol dydd yn taro trwy ffenestri'r dderbynfa.

Crwydrodd llygaid Eira draw at ddesg y dderbynwraig flin, a sylwodd fod yno nodiadau mewn llawysgrifen flêr. Roedden nhw'n edrych fel nodiadau cyfarfod. Arhosodd yn amyneddgar, gan obeithio y byddai hi'n cael cyfle i edrych yn fanylach ar y papurau, a chyn bo hir, esgusododd y dderbynwraig ei hun gan egluro fod yn rhaid iddi fynd i'r tŷ bach. Neidiodd Eira ar ei thraed a dechrau archwilio'r papurau.

'Gwaedda os bydd rhywun yn dŵad!' siarsiodd Eira, ond roedd Glesni'n crynu bron wrth ddychmygu'r hyn fyddai'n digwydd pe bai ei ffrind yn cael ei dal. Roedd ei chalon yn ei gwddf wrth iddi glywed sŵn traed ym mhen pella'r cyntedd,

'Eira, brysia, ma' 'na rywun yn dŵad!' sibrydodd. Llamodd Eira'n ôl i'w sedd wrth ochr Glesni, gan stwffio papurau'r cyfarfod i mewn i ganol tudalennau'r papur newydd y bu'r ddwy yn ei ddarllen. Daeth y dderbynwraig yn ei hôl, plannu ei phen-ôl ar ei chadair ac edrych dros ei sbectol ar y ddwy.

'Mi fydd Mr Wilbert hefo chi mewn dau funud.'

Yn y cyfamser, roedd y ddwy yn ceisio darllen y gwaith papur yr oedd Eira wedi'i gipio. Cofnodion cyfarfod y noson cynt oedden nhw, a rhestr o'r rhai oedd yn bresennol yn y cyfarfod. Edrychodd Glesni ar Eira.

'Be oedd Alwyn yn 'i neud yma, dywed?' gofynnodd, â'i llais yn bell a gofidus. Ond ar hynny, cipiwyd y papur o ddwylo Glesni. Safai gŵr tal o'u blaen, a chanddo sbectol dywyll a mwstásh oedd yn cuddio'r rhan fwyaf o'i wyneb. Wynford Wilbert.

Wrth i'w lygaid blin archwilio'r darn papur, gofynnodd iddyn nhw pwy oedden nhw a pham oedden nhw mor awyddus i gyfarfod ag o.

'Dwy fam ydyn ni, ac mae gennym ni bryderon am iechyd ein plant,' atebodd Eira ar ei hunion. 'Roedden ni'n gobeithio y byddech chi'n gallu ein sicrhau ni. nad oes gennym ni ddim byd i boeni amdano ...' Roedd hi'n amlwg yn fwy cyfarwydd â sefyllfaoedd fel hyn na Glesni.

'Rwy'n gweld,' atebodd Wynford yn araf, tra oedd ei lygaid craff yn brysur yn astudio'r ddwy. Edrychodd yn ôl ar y darn papur cyn dweud 'Mi fyddai'n well i chi'ch dwy ddŵad hefo fi, felly.' Yna, gosododd ei law'n galed ar ysgwydd Glesni. 'Ffordd hyn ...' meddai'n awdurdodol, a dechreuodd dywys y ddwy tuag at gefn yr adeilad.

Doedd holi Alwyn ddim yn hawdd, meddyliodd Guto. Roedd o wedi trio pob ongl, ond roedd Alwyn fel pe bai'n rhag-weld ei gwestiynau bob tro, a doedd dim modd ei dwyllo. Roedd Guto'n cael ei demtio i'w holi am y noson cynt a'r cyfarfod yn y ffatri, ac efallai ei ddal â chwestiwn nad oedd yn barod amdano, ond byddai hynny'n rhy beryglus o lawer. Pwy â ŵyr beth fyddai Haf Lewis yn ei wneud pe bai hi'n dod i wybod? Gallai Guto wynebu colli ei swydd, yn hytrach na chael dyrchafiad.

Penderfynodd Guto ddilyn trywydd y cerddwr sâl yn yr ysbyty; dyna fyddai orau, meddyliodd, roedd hanes hwnnw'n dir digon diogel, ac fe fyddai Guto'n siŵr o ddal Alwyn Dafydd allan yn y diwedd ...

Erbyn hyn, roedd y plant wedi cyrraedd yn ôl i fwthyn Gwernyfed ac yn gorweddian yng nghysgod y tŷ. Roedd Deri a Nel yn chwarae gêmau ar eu ffonau symudol, a Huw'n crafu gwaelod ei drainers gyda'i gyllell boced. Doedd fawr ddim sgwrs wedi bod rhwng y tri ers canol y bore, a phawb fel petaent yn ofni dweud llawer, rhag cynhyrfu'r dyfroedd.

'Pa mor hwyr 'yn nhw?' holodd Deri, gan godi ei ben oddi wrth sgrin ei ffôn.

'Hanner awr,' atebodd Huw.

Wnâi hyn mo'r tro, meddyliodd Deri. Pe bai Guto'n cyrraedd, gallai ddweud wrtho am y llun ar gyfrifiadur y llyfrgell ac fe allen nhw benderfynu gyda'i gilydd beth i'w wneud nesaf. Cofiodd yn sydyn fod rhif ffôn symudol Guto yn cael ei argraffu yn y *Mail*, ac roedd copi o rifyn ddoe yn dal ganddo yn ei fag. Brysiodd i ymbalfalu amdano.

'Be ti'n neud?' holodd Nel.

'Ffonio Guto. Falle bydd *e*'n fo'lon siarad 'da fi!' atebodd Deri'n goeglyd.

Canodd ffôn Guto gan dorri ar draws ei gyfweliad gydag Alwyn. Fel arfer, byddai wedi'i anwybyddu; credai ei bod hi'n anghwrtais i ateb y ffôn ac yntau ar ganol cyfweliad, ond roedd hi'n bur amlwg erbyn hyn fod y cyfweliad yn fethiant llwyr o ran cael gwybodaeth newydd, ac felly esgusododd Guto ei hun ac ateb ei ffôn.

'Ia?' meddai, yn ddigon piwis, ond yna gwrandawodd yn astud wrth i Deri egluro fod Eira yn dal heb ddod yn ôl.

'A lle ma' Glesni?' sylweddolodd Guto'n rhy hwyr ei fod newydd yngan enw gwraig Alwyn. 'Maen nhw'n hir iawn, yn

79

tydyn? … Iawn, fydda i yna hefo chi mewn …'

'Ydych chi'n siarad am fy ngwraig?' torrodd Alwyn ar ei draws.

Suddodd calon Guto; roedd Alwyn wedi rhoi dau a dau at ei gilydd. Anwybyddodd Guto'i gwestiwn, ac aeth yn ei flaen â'i sgwrs gyda Deri, ond roedd Alwyn wedi cynhyrfu.

'Dwedwch wrtha i lle ma' Glesni,' meddai'n sarrug.

'Aros eiliad,' meddai Guto, gan esgusodi ei hun o'r sgwrs ffôn a throi at Alwyn. 'Ma' hi draw yn y ffatri efo Eira,' eglurodd yn ddiamynedd.

'Ers pryd?'

'Dwn i'm. Rhyw deirawr falle …'

'Ma' Glesni ac Eira yn y ffatri ers tair awr?' holodd Alwyn, a phanig yn dechrau llenwi'i wyneb. Ond arhosodd o ddim am eglurhad pellach; cipiodd allweddi'r car oddi ar ei ddesg a chychwyn am y drws, gan adael Guto'n syfrdan.

'Hei … dwi'n dŵad hefyd!' gwaeddodd Guto ar ei ôl, gan frysio i'w ddilyn. Gwibiodd y ddau trwy goridorau'r Cyngor, â Guto'n siarad ar ei ffôn symudol o hyd. 'Gwranda Deri, ffoniai di'n ôl, ocê?'

Sylweddolodd Alwyn mai Deri oedd ar y ffôn. 'Deud wrthyn nhw i beidio â meddwl mynd draw i'r ffatri …' dechreuodd, ond yna cydiodd yn y ffôn a gweiddi 'Ewch adra, iawn? Ac arhoswch yno! Dim dadlau!' Gwthiodd y ffôn yn ôl i law Guto.

'Peidiwch â dŵad … ro' i ganiad i chi wedyn,' meddai Guto'n sydyn, cyn diffodd y ffôn a dilyn Alwyn trwy'r drws symudol ac at ei gar.

'Be sy?' gofynnodd Nel. Synhwyrai bellach fod rhyw

gynnwrf ar droed.

'Ma' dy dad a Guto ar eu ffordd draw i'r ffatri nawr. Fe glywes i'ch tad – roedd e'n swnio'n bryderus, wedwn i ...' atebodd Deri'n syn. Roedd ei feddwl ar ras, fel petai'n rhuthro i geisio ffitio darnau jig-so at ei gilydd wrth ateb Nel. Oedd ei fam a Glesni mewn trafferth, tybed? Efallai fod yr awdurdodau wedi cael prawf o'r diwedd mai Wynford Wilbert oedd ar fai, a bod y cynnwrf yr oedd yn ysu amdano ar fin digwydd.

Cyn iddo gael cyfle i ddweud dim, siaradodd Huw.

'Os ydi Dad a Guto ar eu ffordd draw i'r ffatri, ac os ydi Mam ac Eira'n dal yno, ma' raid i ninnau fynd yno hefyd, felly, yn does?' meddai'n bwyllog.

'Pa mor bell yw e?' holodd Deri.

'Hanner awr falle, trwy'r caeau, llai os brysiwn ni ...' meddai Nel.

'Am beth y'n ni'n aros, 'te? Dewch!' meddai Deri, a heb air pellach, cododd y tri ar eu traed a dechrau loncian i gyfeiriad ffatri Playground Productions.

Pennod 16

Mewn ystafell fechan yn seler y ffatri, roedd Glesni ac Eira wedi'u clymu, a chadachau wedi'u stwffio i'w cegau i'w cadw'n dawel. Dim ond un ffenest uchel oedd yn goleuo'r ystafell. Gefn wrth gefn, a'u cadeiriau wedi'u rhwymo at ei gilydd, roedd hi'n amhosib i'r ddwy edrych ar ei gilydd, heb sôn am gynllunio i ddianc. Edrychodd Eira i gyfeiriad y ffenest – honno oedd eu hunig obaith, meddyliodd. Ar hynny, clywodd y ddwy sŵn traed trwm ym mhen pella'r cyntedd. Roedd Wynford Wilbert ar ei ffordd yn ôl.

'Cym on!' gwaeddodd Alwyn ar y rhes o geir o'i flaen, ond doedd dim yn tycio. Roedden nhw yno ers dros ugain munud, a dim ond unwaith oedd y goleuadau wedi troi'n wyrdd yn ystod y cyfnod hwnnw. Pum car aeth heibio i'r goleuadau cyn iddyn nhw droi'n ôl yn goch.

Eisteddai Guto wrth ei ochr, ar dân eisiau gofyn cwestiynau iddo, ond roedd hi'n anodd gwybod sut i fynd ati a lle i ddechrau – doedd Alwyn, yn amlwg, ddim yn ei hwyliau gorau.

'Dwi wedi ama'r sarff ers y dechrau,' meddai Alwyn wedyn, rhwng ei ddannedd.

'Be?' gofynnodd Guto'n syn.

'Yr Wynford Wilbert gythraul 'na.'

Sylweddolodd Guto ei fod newydd gael gwybodaeth

hanfodol heb orfod gofyn yr un cwestiwn. Doedd dim rhaid iddo holi ymhellach; adroddodd Alwyn yr hanes o'i wirfodd.

'Rai blynyddoedd yn ôl, roedd y ffatri mewn trybini ariannol,' meddai. 'Roedden ni'n poeni y byddai'n rhaid i'r ffatri gau am byth. A dyma'r Wynford Wilbert 'ma'n ymddangos – fel rhyw angel o'r nefoedd i'n hachub ni i gyd,' ychwanegodd Alwyn. 'Pah! Angel, wir!'

Aeth yn ei flaen i egluro nad oedd gan y cyn-berchennog a'r Cyngor ddewis ond derbyn cynnig Wynford Wilbert: roedd ganddo brofiad o redeg ffatri, roedd ganddo arian i'w fuddsoddi a gallai achub swyddi'r cannoedd oedd yn gweithio yno.

'Ond mi ddechreuodd Haf a finna' ymchwilio,' meddai wedyn. Dyfalodd Guto mai'r Haf yr oedd yn cyfeirio ati oedd Haf Lewis, ond roedd o eto i ddeall beth yn union oedd ei rôl hi, nag Alwyn yn iawn, yn hyn i gyd. 'Fe sylweddolon ni fod Wynford wedi gwerthu'i ffatri flaenorol i gwmni o Siapan, ychydig wythnosau cyn i'r cwmni hwnnw gael ei gyhuddo'n swyddogol o ollwng gwastraff i'r afon. Fe wnaethon ni'n dau benderfynu fod angen cadw llygad barcud arno, a'r ffordd hawsaf i wneud hynny oedd trwy ddod yn agos at Wilbert, trwy wneud iddo gredu y gallen ni'n dau fod yn ddefnyddiol iddo,' ac yna bloeddiodd 'O'r diwedd!' wrth i'r goleuadau droi'n wyrdd.

''Nes i ddechrau amau fod rhywbeth o'i le pan ddechreuodd Wilbert sôn am werthu'r ffatri wsnos diwethaf. Doedd o'm yn gneud synnwyr i mi, yn enwedig gan fod y ffatri yn gneud elw da erbyn hyn, ond pan ddechreuodd defaid Jac ddisgyn yn farw, dechreuais i amau fod yna gysylltiad rhwng y ddau beth ...' meddai. 'Roedd yn rhaid i mi fod yn ofalus iawn, wrth gwrs. Osgoi gadael i Wynford wybod 'mod i'n ei amau am y gwenwyno nes bod gen i brawf pendant. Fe alwodd Haf gyfarfod o'r gymdeithas neithiwr, ond rŵan ma' Glesni a'r Eira wirion 'na wedi mynd yno i gynhyrfu'r dyfroedd,' sibrydodd Alwyn. 'Does wybod be fyddan nhw wedi'i ddeud wrtho!'

Roedd pen Guto'n troi rhwng y gyrru gwallgof a'r bytheirio a'r holl wybodaeth newydd. Un peth roedd o'n sicr heb ei ddeall oedd rhan ei olygydd, Haf Lewis, yn hyn i gyd, a beth ar y ddaear oedd 'y gymdeithas' y soniodd Alwyn amdani? Mentrodd ofyn, ac eglurodd Alwyn yn ddiamynedd iawn fod Haf ac yntau, a phedwar arall, wedi ffurfio'r gymdeithas rai blynyddoedd yn ôl; criw o bobl oedd yn barod i fuddsoddi mewn busnesau lleol er budd y gymuned oedden nhw, meddai. Roedden nhw wedi trafod prynu'r ffatri neithiwr, ond roedd y pris ymhell o'u cyrraedd.

'Os daw Wynford Wilbert i wybod bod pobl yn ei amau … wel … dw'n i'm be ddigwyddith. Mae o'n awyddus i ddiflannu yn barod, ma' hynny'n ddigon siŵr, ond mae o'n ddyn bygythiol, yn ddyn peryg os caiff o 'i groesi – does wybod be neith o.'

Sylweddolodd y gohebydd ifanc fod Alwyn yn hollol o ddifrif. Fe allai hon fod yn stori llawer mwy nag a feddyliodd.

Gallai'r plant weld adeiladau'r ffatri o'r diwedd. Roedd Nel wedi'u harwain ar lwybr cerdded trwy'r caeau, llwybr oedd yn dilyn afon Tirion fyrlymus yr holl ffordd i'r ffatri. Wrth gyrraedd ymyl y ffatri arafodd y tri, bron fel un, gan swatio yng nghysgod y clawdd.

'Reit, 'dyn ni ddim moyn cael 'yn gweld nawr. Bydd lot o

bobl ambytu'r lle gan ei fod e'n ddiwrnod gwaith, felly fi'n awgrymu'n bod ni'n mynd rownd y cefen yn gyntaf, i ga'l gweld beth welwn ni,' meddai Deri'n bwyllog.

Siaradai gydag awdurdod, a doedd Huw na Nel chwaith yn awyddus i gymryd yr awenau. Deri oedd yr unig un oedd â phrofiad o weithredu fel hyn.

'Be wnawn ni wedyn? Torri i mewn?' gofynnodd Huw a'i anadl yn gwichian.

'Huw, lle ma' dy bwmp asthma di?' gofynnodd Nel yn bryderus, yn adnabod y symtomau cyfarwydd.

Estynnodd Huw i'w boced – dim ond ei gyllell oedd yno. 'Tydi o ddim gen i,' meddai, yn ceisio rheoli ei anadl. 'Mae'n ocê, Nel. Fydda i'n iawn mewn dau funud,' ychwanegodd Huw, ond doedd Nel ddim mor siŵr.

'Stedda, Huw, plîs. Stedda i lawr a chanolbwyntia ar dy anadlu,' gorchmynnodd Nel. Gwrandawodd Huw arni, ac eistedd yn ufudd. Roedd ei wyneb wedi gwelwi, a'r cyffro'n cyfrannu at yr asthma. Arhosodd yno am ennyd, a Nel a Deri ar bigau'r drain rhwng poeni am Huw ac am yr hyn oedd yn digwydd yn y ffatri.

'Wyt ti fymryn gwell rŵan?' holodd Nel.

'Ydw,' meddai, ac er bod y lliw yn dechrau dod 'nôl i'w fochau, roedd o'n anadlu'n drwm o hyd.

'Fe a' i 'te,' meddai Deri. 'Wela' i chi 'nôl fan hyn mewn rhyw chwarter awr.'

'Na! Ddylet ti ddim mynd ar dy ben dy hun,' meddai Huw ar ei union.

'Dwyt ti'm digon da i fynd efo fo, Huw, ma' rhaid i ti aros yn llonydd,' meddai ei chwaer fawr.

'Falle nad ydw i'n ddigon da, ond mi rwyt ti. Dos hefo

Deri. Mi fydda i'n iawn yn fan 'ma,' meddai wedyn. Edrychodd Nel a Deri ar ei gilydd; doedd yr un o'r ddau yn awyddus i adael Huw ar ei ben ei hun. 'Os ddoi di o hyd i Mam reit handi, mi awn ni i gyd adre yn y car i nôl y pwmp …' awgrymodd Huw, gan wybod y byddai hynny'n help i berswadio ei chwaer.

'Ti'n iawn,' meddai Nel. 'Dyna fyddai orau. Aros di'n llonydd yn fan'ma am chydig. Gei di fod yn *lookout* i ni, ac mi ddo' i â Mam 'nôl yma, gynted â phosib,' addawodd Nel.

'Deri!' meddai Huw, gan estyn ei gyllell iddo. 'Dos â hon hefo ti… rhag ofn …'

Gwthiodd Nel a Deri drwy'r clawdd, gan anwybyddu'r sgriffiadau ar eu coesau, a dod at y ffens a nodai ffin y ffatri. Teimlai Nel gorff cynnes Deri'n dynn wrth ei hochr, a'i anadl yn boeth ar ei hysgwydd. Edrychodd Deri arni, ei lygaid tywyll yn pefrio yn yr haul tanbaid. Winciodd arni, ac estyn ei ddwylo o'i flaen, gan arwyddo y y byddai'n rhoi hwb iddi dros y ffens. Eiliadau'n ddiweddarach, roedd y ddau ar eu cwrcwd, yn rhedeg draw at ochr adeilad y ffatri.

'Awn ni ffor' hyn gynta!' meddai Deri, gan saethu cipolwg yn ôl at Huw. Cododd hwnnw ddau fawd, fel arwydd nad oedd unrhyw un yn dod.

Glynodd y ddau at wal yr adeilad fel glud, yn gwrando'n astud wrth lithro ar hyd y waliau, a Deri'n rhoi naid sydyn bob hyn a hyn, mewn ymdrech i weld i mewn trwy'r ffenestri. Câi gip ar y gweithwyr yn plygu dros eu gwaith, ond doedd dim yn ei daro'n anghyffredin am hynny. Ymddangosai popeth yn gwbl normal.

Yn sydyn, safodd Nel yn stond. Trodd at Deri, a'i hwyneb yn wyn fel y galchen.

'Gwranda!' sibrydodd. Roedd llais i'w glywed yn dod o grombil yr adeilad, oddi tanynt rywsut. Plygodd y ddau at y sŵn, gan glustfeinio'n ofalus.

'Rhag eich cywilydd chi'n dod yma i'n ffatri i hefo'ch cyhuddiada. Chi a'ch trwynau bach busneslyd yn dod yma i greu trafferth heb fod angen ...'

Aeth y ddau yn eu blaen i gyfeiriad y llais, gan droi congl yr adeilad. Gallent weld ffenest gul yng ngwaelod y wal o'r fan hyn, ffenest i mewn i seler y ffatri, a doedd dim amheuaeth nad oddi yno'r oedd y llais yn dod.

'Be 'nawn ni?' sibrydodd Nel. Rhoddodd Deri ei fys ar ei wefusau i ddweud wrthi fod yn dawel, ac yna llithrodd ar ei fol at y ffenest. Gallai weld ei fam a Glesni yno, eu breichiau a'u traed wedi'u rhwymo i'w cadeiriau. Safai gŵr mawr, tal uwch eu pennau, â'i gefn at y ffenest. Wynford Wilbert. Plygai'n fygythiol tuag atynt, gwthiai ei wyneb at wyneb Eira a sylwodd Deri ei fod yn cydio yng ngwallt ei fam.

Symudodd Deri'n ôl oddi wrth y ffenest ac edrych ar Nel yn ddifrifol.

'Ma'n rhaid i ni wneud rhywbeth. Yn glou.' Roedd ei lygaid yn brysur yn archwilio'r ffenestri cyfagos. 'A' i i mewn ffor' 'na, a threial ffeindio ffordd lawr i'r seler,' meddai. 'Ond bydd angen i ti wneud rhywbeth i dynnu sylw Wynford. Tafla rhywbeth at y ffenest – deall?'

'Ydw ... dwi'n meddwl. Ond sut bydda i'n gwybod pa bryd i wneud hynny?' Edrychodd Deri arni'n ddifrifol.

'Cyfra lan i gant, yn araf ...' meddai, cyn gwthio'i hun i fyny at silff y ffenest uchaf. 'Ydi di ffôn di 'da ti?'

'Ydi,' atebodd Nel.

'Ffonia'r heddlu'n gyntaf 'te – a dechreua gyfri wedi 'ny!'

hisiodd, cyn gwthio'r ffenest ar agor a sleifio drwyddi. Dechreuodd Nel ddeialu.

Llithrodd Deri o ddrws i ddrws yn gelfydd, gan ofalu peidio â gwneud smic. Yn y pellter, gallai glywed sŵn peiriannau'r ffatri a'r gweithwyr yn galw ar ei gilydd, ond roedd y rhan hon o'r ffatri'n dawelach. Daeth at ddrws a oedd yn agor ar risiau, a llithrodd hwnnw ar agor yn ofalus. Dechreuodd gamu i lawr y grisiau, un gris ar y tro, gan ofalu rhoi ei draed ar ymylon y grisiau, yn hytrach nag yn eu canol ble'r oedd y pren wedi gwisgo ac yn fwy tebygol o wichian. Ceisiodd ddyfalu ble'r oedd Nel arni wrth gyfri erbyn hyn, ond doedd ganddo ddim syniad.

Arweiniai'r grisiau i gyntedd hir tywyll, ac yn y pen pellaf, gallai weld drws yn gilagored. Oddi yno deuai llais Wynford Wilbert. Doedd Deri ddim yn deall yr union eiriau, ond gwyddai fod Eira'n cael ei bygwth. Roedd yn rhaid iddo frysio. Nesaodd at y drws yn ddistaw bach, gan estyn yn dawel am gyllell poced Huw.

'Ma' gin i brynwr, ac mae o ar fin gneud cynnig. A nes bydd o wedi arwyddo'r papura' 'na, ma'r ddwy ohonoch chi'n aros yn fan hyn.' Gallai Deri glywed geiriau Wynford yn glir bellach. O gysgod y cyntedd, gallai weld ei fam heibio ysgwydd Wynford a chynddeiriogodd at y dihiryn oedd. Roedd ei feddwl yn mynd fel trên wrth iddo geisio dod i benderfyniad am yr hyn a wnâi nesaf, ond cyn iddo gael cyfle i feddwl ymhellach daeth clec uchel, a dychrynodd Wynford.

'Be ddiawl ...?' bytheiriodd Wynford, gan frysio at y ffenest i weld beth oedd achos y sŵn. Rhuthrodd Deri at Eira, a thorri trwy'r tâp a'i cadwai hi'n ei chadair.

Roedd Eira'n rhydd, ond roedd Wynford Wilbert bellach wedi troi a gweld y cyfan. Pasiodd Deri'r gyllell i'w fam a symudodd honno at Glesni ar unwaith, a dechrau torri trwy ei rhwymau.

'Sefwch ble ry'ch chi,' meddai Deri, gan estyn am ei ffôn. 'Fi wedi clywed y cyfan … a peth defnyddiol iawn yw camera ar ffôn symudol, 'so chi'n credu 'ny, Mr Wilbert …?'

Gwyddai Deri o'r gorau ei fod yn chwarae â thân, ond doedd dim modd o gwbl i Wilbert wybod nad oedd ganddo'r un gronyn o dystiolaeth ar ei ffôn. Rhoi cyfle i Eira gael Glesni'n rhydd, dyna'r cwbl oedd yn bwysig am y tro. Byddai'n meddwl beth i'w wneud wedyn pan ddeuai'r amser.

Cymerodd Wynford gam araf tuag ato.

'Dwi'n eich rhybuddio chi …' meddai Deri.

'Fy rhybuddio i?! Dwyt ti ddim yn fy nychryn i,' atebodd Wynford. 'Hogyn bach fel ti! Pah!' Chwarddodd yn fygythiol wrth iddo nesáu at Deri, ond yna daeth sŵn byddarol o'r tu ôl iddo, a throdd i wynebu cawod finiog wrth i wydr y ffenest falu'n deilchion.

'Be ddiawl …?'

Erbyn i Wynford droi'n ôl i wynebu'r stafell, doedd dim golwg o Eira, Glesni na Deri, ond gallai glywed sŵn eu traed yn carlamu i fyny'r grisiau. Edrychodd 'nôl trwy'r ffenest, a gweld merch yn edrych yn ôl arno, yn tynnu tafod.

Roedd o'n gynddeiriog. Heb ystyried beth oedd o'n ei wneud, dechreuodd ddringo trwy'r ffenest ar ei hôl.

'Reit 'ta, 'ngeneth i, gei di dalu am hyn,' meddai'n fileinig, gan wthio'i ffordd drwy'r ffrâm heb falio fod y gwydr yn crafu'i gorff fel cyllyll mân.

Rhedodd Nel am ei bywyd; wyddai hi ddim i ble'r oedd hi'n mynd, ond gwyddai fod yn rhaid iddi ddianc oddi wrth y gŵr mawr blin oedd yn ei dilyn. Anelodd at y ffens, ond roedd hi'n anodd ei dringo heb gymorth Deri; edrychodd o'i chwmpas yn wyllt, heb wybod beth i'w wneud. Roedd Wynford yn nesáu ati. Ceisiodd Nel ddringo'r ffens unwaith eto – llwyddodd y tro hwn ond cydiodd y weiren uchaf yn ei shorts. Roedd un o'i choesau'n sownd ar ben y ffens.

'Tyrd di'n 'nôl i fan hyn, mi gaea' i dy geg di ...' bytheiriodd Wynford Wilbert wrth iddo gyrraedd at y ffens a cheisio cydio yng nghoes Nel. Rhwygodd Nel ei shorts oddi ar y weiren a glanio mewn clwstwr o ddalan poethion. Ond wnaeth hi ddim teimlo'r boen, roedd ei hofn yn ei gyrru i godi ar ei thraed drachefn a rhedeg eto.

Chafodd coesau hir Wynford Wilbert ddim trafferth i lamu dros ffens. Doedd dim amheuaeth, roedd o'n dal i fyny â hi, a doedd gan Nel unman i guddio. Daliodd i redeg, ond gwyddai fod yr afon o'i blaen ac y byddai'n cyrraedd y lan o fewn dim. Arafodd, a throdd yn ôl eto; roedd Wynford yn chwerthin, ac yntau wedi arafu hefyd.

Byrlymai dŵr yr afon wrth ruthro heibio ac roedd ei sŵn yn boddi chwerthin gwallgof Wynford Wilbert. Nesaodd Nel at yr ymyl. Ystyriodd neidio i'r dŵr, ond cofiodd rybudd ei mam fod y cerrynt mor gryf yn afon Tirion nes ei bod yn beryg bywyd. Roedd hi wedi'i dal, a doedd dim y gallai ei wneud ynglŷn â'r peth.

'Does gen ti unlla i fynd rŵan. Mi dalith hyn i chdi ddod yma i ymyrryd yn fy musnes i ...' gwaeddodd Wynford Wilbert gan estyn ei freichiau a chamu tuag ati. Arswydodd Nel wrth weld ei ddwylo anferth yn cau amdani, a chaeodd ei llygaid mewn ofn. Ond yn sydyn, daeth bloedd annaearol – baglodd Wynford Wilbert, colli ei falans yn llwyr a llithro i mewn i fwrlwm yr afon.

'Lwcus nad wyt ti'n un dda am gadw addewidion, yndê chwaer fawr?' meddai llais cyfarwydd Huw. Roedd yn gafael mewn boncyff, ac yn wên o glust i glust; fo oedd wedi baglu Wilbert!

'O, Huw!' cydiodd Nel ynddo a dechrau beichio crio. 'Diolch byth dy fod ti yma,' sibrydodd, gan anwybyddu crochlefain Wilbert.

'Helpwch fi'r c'nafon. Tydi'r afon 'ma ddim yn saff … ma' hi'n wenwynig … Help! Help!'

Roedd Wynford Wilbert yn dal i stryffaglu yn nŵr gwyllt afon Tirion pan gyrhaeddodd Alwyn a Guto. Eiliadau'n ddiweddarach cyrhaeddodd yr heddlu a thynnu Wynford o'r afon, fel cadach mawr gwlyb, a'i arestio.

Pennod 17

Roedd mwy o sŵn wrth fwrdd Gwernyfed y noson honno nag a fu erstalwm iawn. Roedd Glesni wedi gwahodd pawb yn ôl yno, gan gynnwys Haf Lewis, i ddathlu'r ffaith fod Wynford Wilbert dan glo.

Fel arfer, roedd gan Guto erthygl i'w hysgrifennu cyn diwedd y noson, ac roedd yn brysur yn holi Alwyn er mwyn ceisio gwneud synnwyr o bob dim, ond yn wahanol i'r arfer, roedd ei olygydd yno wrth ei ochr.

'Un peth dwi ddim yn 'i ddeall ydi pam wnaethoch chi gelu cymaint oddi wrtha i, Haf?' gofynnodd Guto'n ddryslyd.

'Doedd gen i ddim syniad o'r stori gyfan, dim ond darnau ohoni oedd gen i,' atebodd Haf. 'A beth bynnag, roedd angen i ti brofi i mi dy fod ti'n gallu dod o hyd i'r ffeithiau dy hun!' Chwarddodd Haf yn ysgafn wrth ddweud hynny, a gwnaeth Guto ymdrech i wenu, er ei fod dal braidd yn flin gyda hi am gelu pethau oddi wrtho.

'Paid â phoeni, Guto,' meddai Haf. 'Rwyt ti wedi profi i mi dy fod ti'n haeddu'r swydd barhaol hefo'r *Mail*, felly llongyfarchiada' i ti, fe gei di dy ddyrchafiad a dy godiad cyflog.'

'Go iawn?' gofynnodd Guto, yn methu credu'i glustiau.

'Go iawn! A dwi'n gwybod yn barod beth hoffwn i ti fynd ar ei ôl nesaf hefyd. Mae yna sôn am gynlluniau i osod gorsaf bŵer yn Abertywyn...'

Ym mhen arall yr ystafell, safai Nel wrth ochr ei mam yn

ceisio rhoi trefn ar y dryswch yn ei meddwl. Os oedd hi wedi deall pethau'n iawn, byddai Wynford Wilbert yn cael ei gyhuddo o ymddwyn yn fygythiol tuag ati hi a'i mam ac Eira. Fe fyddai hefyd yn gorfod derbyn cyfrifoldeb am y gwenwyno pe bai profion y milfeddygon ac adran yr amgylchedd yn dangos mai'r ffatri oedd ar fai am hynny. Roedd Wynford Wilbert yn wynebu dirwyon sylweddol, yn ogystal â thalu iawndal i bawb a gafodd eu heffeithio, ond byddai'r gosb am gadw Eira a Glesni yn erbyn eu hewyllys ac am geisio ymosod ar Nel yn llawer iawn mwy llym. Roedd un peth yn dal i'w phoeni fodd bynnag.

'Ydi'r ffaith fod Wynford Wilbert wedi bod yn rheolwr mor wael yn golygu y bydd y ffatri'n gorfod cau, a'r holl weithwyr yno'n colli eu swyddi?' holodd ei thad, i weld a allai o leddfu mymryn ar ei dryswch.

'Paid â phoeni, Nel,' atebodd Alwyn gan wenu, cyn egluro mai pwrpas sefydlu eu cymdeithas nhw oedd er mwyn delio ag argyfwng fel hwn, pan fyddai busnes lleol yn debygol o fynd i'r wal.

'Ond o'n i'n meddwl i chi ddeud bod y pris allan o'ch cyrraedd chi?' holodd Guto mewn penbleth.

'Mi roedd o, ond dwi'n meddwl ein bod ni wedi llwyddo i oresgyn y broblem honno,' meddai Haf, yn wên o glust i glust. 'Dwi'n credu y cawn ni fargen erbyn hyn – fydd neb arall eisiau prynu'r lle o dan y fath amgylchiadau!'

'Fe fydd angen chydig o help gan y banc, wrth gwrs,' meddai Alwyn, 'ond mi fydd y ffatri'n mynd o nerth i nerth rŵan, dwi'n siŵr.'

'Un peth dwi ddim yn 'i ddeall,' meddai Eira'n ddryslyd, 'ydi sut oedd Wynford yn gallu defnyddio gwenwyn fel arsenic, os mai dyna oedd o, wrth gynhyrchu offer chwarae i blant?'

'Dwi ddim yn gwybod i sicrwydd eto, ond fe fyddwn i'n fodlon rhoi bet ar y ffaith mai yn y deunydd roedd o'n ei ddefnyddio i amddiffyn pren yr offer chwarae y mae'r gwenwyn,' eglurodd Alwyn.

'Roedd Wilbert wedi cael ar ddeall fod yna archwiliad o'r ffatri ar y gweill, felly fe gafodd wared ar y gwenwyn mor gyflym â phosib!' ychwanegodd Haf, 'yn syth i'r afon, siŵr o fod, a doedd dim llawer o ots ganddo fo am y canlyniadau, chwaith!'

Ar hynny canodd ffôn symudol Deri, ac aeth allan i'r ardd i'w ateb. Tawelodd y gegin wedi i Deri adael, ac arafodd y mân siarad.

'Dwi'n licio dy weld di wrth y bwrdd 'ma eto, Dad,' meddai Huw. 'Wyt ti am symud yn ôl adra rŵan?' gofynnodd, gan edrych i fyw llygaid Alwyn.

'Mae'n rhaid eich bod chi'ch dau yn dal i garu eich gilydd, neu fasat ti ddim wedi rhuthro draw i'r ffatri i achub Mam tasa gen ti ddim ots amdani!' meddai Nel, mewn ymdrech i gefnogi ei brawd.

Edrychodd Alwyn draw at Glesni. 'Rydan ni'n dal i feddwl tipyn o'n gilydd, wrth gwrs ein bod ni … ond does gen i ddim cynllunia' i symud 'nôl adra,' meddai Alwyn yn dawel. 'Dwi am chwilio am fflat yng Nglyn Tirion, rhywle lle galla i fod yn agos atoch chi, a rhywle lle gallwch chi ddod draw i'm gweld i unrhyw bryd ydach chi isio …'

Eisteddodd y plant yn fud, yn ceisio dod i delerau gyda'r ffaith na fyddai pethau byth yr un fath eto.

Daeth Deri i mewn o'r ardd a tharfu ar y tawelwch.

'Dewch! 'Sdim llawer o amser 'da ni; ma' protest fawr yn Abertywyn heno, yn erbyn y bwriad i adeiladu gorsef bŵer yn yr ardal.' Eglurodd ei fod newydd ddod oddi ar y ffôn gyda'i ffrind o fudiad y Ddaear, ac roedd hwnnw'n honni fod cynlluniau pendant ar y gweill.

'Wel, dyna'n sialens nesa ni felly, yndê?' meddai Eira. 'Fe allen ni fynd draw i'r cyfarfod os brysiwn ni – dim ond tri chwarter awr i ffwrdd ydi Abertywyn.'

Taflodd Haf winc at Guto a dweud, 'Dyna dy sialens nesa di, dwi'n meddwl! Gei di fod yn ohebydd amgylcheddol i'r *Mail*!'

'Does 'na neb yn mynd i unman am y tro – swper yn gyntaf!' meddai Glesni, yn ailafael yn ei rôl famol. 'Caiff y brotest yna aros amdanoch chi am chydig eto.' Roedd hi wedi coginio llysiau rhost a *couscous* i'r llysieuwyr, ond roedd arogl cig yn llenwi'r gegin hefyd.

'Estyn dy blât i mi, Huw, 'dwi 'di gneud hwn yn sbesial i ti!' meddai Glesni, ond cydiai Huw yn dynn yn ei blât. 'Be sy, Huw bach? Ti wrth dy fodd efo cig oen!' meddai Glesni'n ddryslyd.

'Nac'dw Mam, tydw i ddim!' meddai Huw, gan wrido. Edrychodd pawb ar ei gilydd mewn penbleth. 'Dwi 'di penderfynu 'mod i am fynd yn *feji*!'

Daeth môr o chwerthin o bob cyfeiriad.

Roedd y bwyd yn hyfryd a'r cwmni'n ddifyr yng nghegin Gwernyfed, ond roedd pawb ar dân i orffen eu pryd. Ysai Guto am gael mynd i'r afael â'i erthygl, roedd ganddo stori wych i'w hadrodd, yn ogystal â chyfweliadau *exclusive* gyda'r rhai oedd yn rhan o'r digwyddiadau yn y ffatri. Roedd Haf ac Alwyn eisiau mynd ati i roi cynigion y gymdeithas ar gyfer y ffatri ar bapur, ac roedd y lleill – wel, roedd y lleill i gyd wedi cael blas ar ymchwilio ac ymgyrchu. Roedden nhw'n dîm da, ac er na ddywedwyd yr un gair am y peth, teimlai pawb nad dyma'r tro olaf y bydden nhw'n dathlu buddugoliaeth o amgylch bwrdd bwyd Gwernyfed.